意林

公元787年，唐封疆大吏马总集诸子精华，编著成《意林》一书6卷，流传至今

意林：始于公元787年，距今1200余年

U0865559

意林®轻文库

青春最美，梦想出发

中国式好看轻小说优鲜品牌

意林轻文库 恋之水晶系列 047

指尖花凉
忆成殇 IV（大结局）

梅吉 著
MEI JI WORKS

长江出版社
CHANGJIANGPRESS

图书在版编目（CIP）数据

指尖花凉忆成殇. Ⅳ / 梅吉著.
—武汉：长江出版社, 2020.5
ISBN 978-7-5492-6905-1
Ⅰ. ①指… Ⅱ. ①梅… Ⅲ. ①长篇小说—中国—当代
Ⅳ. ①I247.5
中国版本图书馆CIP数据核字(2020)第050402号

指尖花凉忆成殇 Ⅳ(大结局)

ZHIJIAN HUALIANG YI CHENG SHANG Ⅳ（DA JIE JU）　梅吉／著

出　版	长江出版社 （武汉市解放大道1863号）
选题策划	安　雅　张　星
市场发行	长江出版社发行部
网　址	http://www.cjpress.com.cn
责任编辑	江　南
特约编辑	非　非　蓝曦悦
封面设计	胡静梅
装帧设计	刘　静
印　刷	大厂回族自治县益利印刷有限公司
版　次	2020年5月第1版
印　次	2020年5月第1次印刷
开　本	700mm×1000mm　1/16
印　张	13
字　数	258千字
书　号	ISBN 978-7-5492-6905-1
定　价	28.80元

版权所有 盗版必究（举报电话：027-82926804）
（如发现印装质量问题，请与印务部联系退换，电话：010—51908584）

Contents

目 录

楔　子

这小镇的风景，在早春丰沛的雨水里，更显得灵秀古朴。

行色匆匆的陈白也忍不住伫立观望，复古的老屋，矮墙上刻满了斑驳；蜿蜒的溪水，水碧青，澄澈见底；远处山脉云卷云舒，草长莺飞……

这倒是一处避世的好地方，陈白幽幽地想，又不禁叹了口气。

他还记得初见顾铮和苏瑾时的样子，他们的外貌都极为出众，他洒脱，她利落，那种气质如璞玉般干净，令他不由得自惭形秽。如果不是认识他们，陈白从来没有审视过自己的人生，他急功近利，浮躁世故，他以为能接到案子，能赚到钱才是根本。可原来，一个人活着是需要爱，需要信仰，也需要梦想的。

陈白继续往前走，兜兜转转，终于找到手机里莫小晚发来的那一处地址。临行前，莫小晚给他下了命令，带不回顾铮，就留在那里照顾他。

莫小晚还把他们定好的六月婚期给搁置了，她说现在这个时候，怎么能无视朋友的痛苦，独自幸福呢？陈白哪有反对的机会，他们之间的事从来都是莫小晚说了算。

已经一个月了，顾铮躲到这小镇，关了手机，谁也不肯联系。

大家都很担心他，所以莫小晚让陈白来带顾铮回家。

苏瑾的工作每天连轴转，根本无法抽出时间来找顾铮。有时候陈白会替顾铮觉得委屈，如果是苏瑾出事，顾铮一定会放下一切守护她，就像之前的每一次，可是顾铮消沉低落的时候，她却还是将工作排在首位。

任何时候，苏瑾都太冷静了，她的情感可以用理智去控制，这让他无法理解。

陈白把对苏瑾的不满告诉莫小晚，她瞪了他一眼：“你懂什么？你知道小瑾的成长经历吗？你根本没有立场来评判她，她能够走到今天，全凭着坚持。”

陈白觉得莫小晚对苏瑾的偏袒很幼稚，幼稚的人才会对人不对事，成熟的人就会对事不对人。如果是他出事，莫小晚不理不睬，那他会直接怀疑她对他的感情。

陈白拉着门环敲门，木质的门上有旧历年贴上的手写楹联，只是因为雨水上面的字迹已经有些模糊。

过了好一会儿顾铮才来开门。一见到他，两人都是一怔。

此刻的顾铮，落魄得让陈白鼻酸。

他顶着一头乱蓬蓬的头发，胡子也没有刮，深棕色的衬衣皱巴巴的，领口松垮垮地耷拉下来，袖子上有暗淡的污渍——曾经意气风发的一张脸憔悴不堪，那眼神更是萎靡不振。

“你怎么来了?”顾铮侧了侧身，让他进来。

陈白故意夸张地笑：“你在这儿倒是过着闲云野鹤的生活，可不知我们都急坏了。”

顾铮沉默。

陈白穿过院子，进到里屋，视线一下就暗下来。

没有开灯，窗帘紧闭，沙发上堆着薄毯子，茶几上堆着杂物。陈白在茶几上翻找了一下，这才找到水杯，想要喝一口，已经被顾铮默默接过来，拿到水槽边清洗一遍，这才从饮水机里接了水递给他。

陈白“咕噜”喝了一大口水，闷闷地说：“跟我回去吧。”

顾铮依然沉默。

“小瑾让我来找你。”陈白撒了个谎。

“她还好吗？”

“很担心你。”陈白心里哼哼地补充一句，才怪。

“我在这里挺好的。”

“顾铮，那只是一个意外！根本不关你的事。”陈白拍了拍他的肩膀，“逝者已矣，生者如斯，你不能这样消沉下去。”

顾铮回避着陈白的目光，脑子里想起当日飞机出事的情景，突然头疼欲裂，下意识地抱住头，蜷缩在沙发上，整个人冷汗涔涔，瑟瑟发抖。

他的样子吓到了陈白，陈白赶紧上前一步扶住顾铮：“怎么回事？顾铮，你到底怎么了？”

此刻的顾铮脑子里像有电锯在钻，在剧痛中他听到江一辰在大喊：“跳伞，快跳伞！”凌乱的画面，破碎的声音，让他几乎要窒息，只能大口喘着气，感受胸腔被挤压的痛楚。

“顾铮！”陈白都快急哭了，他手足无措地想要帮助顾铮，却不知该如何处置这样的状况。他只得给莫小晚打电话，可是该死的，这山里信号竟然不好。他徒劳地握着手机一阵瞎按，干脆气馁地扔掉手机，俯下身轻拍顾铮：“过去了，都过去了，顾铮，别怕。”

Zhijian Hualiang
Yi Cheng Shang IV (Da Jie Ju)

第 1 章
只要你在这里，就好

1

顾铮真希望过去的一切只是一场噩梦，可是当他参加江一辰的葬礼，看着他两岁的女儿对着他的遗像甜甜地喊爸爸时，他的心都碎了。他不忍看这残忍的一幕，退出大厅，在转角的地方哭着跪了下去。

也是在那天后，他会常常头痛，特别是在想起当日事故的情景时，那种撕心裂肺的痛几乎令他晕厥。医生鉴定他有创伤后遗症，目前不再适合飞行，航空公司给他放假，让他先停飞一段时间。

他在家里郁郁寡欢，父母很是担心。特别是母亲，一天数次找各种借口到他的房间查看，她跟他说鼓励安慰的话，他面上笑着应下，答应母亲会很快走出来，可他突然对飞行产生了恐惧。他总在噩梦中惊醒过来。有一天他打开房门，看到母亲就坐在门口地板上，头倚靠着墙睡着了，手边的托盘上还放着一杯牛奶，这令他落泪。

他不想再让父母担心，谎称想出去走走，父母只好答应了。

莫小晚知道后，拿了一把钥匙给他："去云来小镇吧，很适合散散心。"

他曾在莫小晚的油画上见过云来小镇，这座小镇位于剑川西南部，地处金沙江、澜沧江、怒江三江交汇之处。那里是真正的古镇，古巷、古商铺、古寨门，还有古戏台，都保持着最原始的建筑特色。那静谧勃郁的景色让他有一种回归生命之初的感觉。

莫小晚说："我师兄在那里修了座农舍，每年会去小住，其他时间我们想去写生都可以随时入住，现在空着，你去住几日，等心情平静下来，早点回来。"

他感激地望着莫小晚，接过了钥匙。

"小瑾也很想陪你去，但你知道的，她现在压力太大了。因为孟总做担保，KPCB才以6000万全资收购了小瑾的公司，她忙得吃饭睡觉的时间都没有。"莫小晚停顿了一下，"别怪她，她也是身不由己。"

顾铮抬手拍拍莫小晚的肩："帮我照顾她。"

"她是你的人，该你来照顾。"

莫小晚看着沉默的顾铮，心里叹了口气。她能够理解顾铮想要躲起来的心情，就像她，很多的事可以自己扛，也可以慢慢熬过去，但最怕的是身边的人为自己难过。而现在的顾铮，也不想让父母和苏瑾看到他现在的样子。

只希望，时间过去，他能很快从那件事的阴影里走出来，调整好自己的状态，回归到正常的生活和工作里。

顾铮离开前给苏瑾打了电话，说去云来小镇住些日子，而她歉疚地说在波士顿出差，没有办法回来送他。

他上一次见苏瑾是在江一辰葬礼那天。

他伤心欲绝地回到家，见着苏瑾在卧室里等他时，几乎落下泪来。

她开着电脑，一边看报表，一边接电话安排工作事宜。他靠着门框静静地望着她，她应该刚从某个会议上出来，因为这一身装束太过正式。白色的真丝衬衫，黑色包裙，头发绾起来，耳垂上戴着小粒的珍珠，显得端庄俏丽。

一晃竟然十年过去了，他还记得十六岁的苏瑾在楼下旧书店看书的情景，那时的她，有苍白的脸，唇色很淡，眼神笼罩着一层淡淡的忧愁，她穿一条果绿色裙子，立在雨后清新的空气里，令人怦然心动。

时过境迁，那份贯穿了他整个年少时光的爱已经成为他明心见性的习惯，刻在了每一次心跳里。

他爱的女孩，此时此刻，就在他身边，这是命运对他最大的慈悲了。

苏瑾挂了电话，一抬头见到凝视她的顾铮，静静地笑了。

四目相对，他们都懂，懂得那些爱、无奈、疲惫，还有生命里无法承受的痛楚。

苏瑾走过来抱住他，她依偎在他的怀里，静静地说："顾铮，我很庆幸你活着。"

他闭上眼睛，把眼泪逼了回去。他何尝不庆幸自己还活着呢？他可以触碰到爱人，可以感受到关怀，可以继续做自己喜欢的事……

"顾铮，你发烧了？"苏瑾摸了摸他滚烫的手，再摸摸他的额头，急切地说，"快去躺一会儿，我拿药给你吃。"

苏瑾整晚都守着他，好几次他从昏沉中醒来，看到她半靠在床头，而自己枕在她的膝盖上，手紧握着她的手，内心会变得安宁许多。

她微微动了动，他惊醒过来："别走。"

"不走。"苏瑾有些不好意思地说，"脚好麻。"

他挪了挪身体，让她躺下来，环抱住她，再一次陷入半梦半醒之中。

等他完全清醒过来，抬手想要摸摸枕边，却空空的。他睁开眼见着的，是苏瑾在一盏台灯下对着电脑忙碌地工作。窗外天光蒙蒙亮，几许隐在淡雾中的霞红挂在天边，窗台上那盆素馨花开得别样美好，而她的侧影让他想起当年那个奋笔疾书、努力上进的女孩。

时光与时光盘缠纠葛，命运让人感觉到寒风般的肃杀凛冽，但，只要你在这里，就很好。

2

去云来小镇前，顾铮去看望了江一辰的妻女。

他的女儿妞妞不谙世事，在旁边玩玩具，只是看到母亲哭，有些不安地爬上母亲的膝盖，用稚嫩的小手擦拭母亲的眼泪："妈妈不哭，这个洋娃娃给你玩。"

江一辰的妻子莫荷抱着她，泪如雨下。

顾铮垂了垂眼："有任何困难都可以来找我，以后，我就是妞妞的干爸……"

"不用了——"莫荷咬了咬唇，"我决定带着妞妞回老家。"

"可是……"

"航空公司给的抚恤金很多了，他们都说江一辰是英雄，保护了国家的财产，将损失降到最低。"莫荷停顿了一下，缓缓情绪，"可是我很恨他。他记得自己的职责，却忘记了他还是一个父亲，一个儿子，一个丈夫。"

莫荷泣不成声，这下妞妞也哭了起来。

顾铮心如刀绞，抱过妞妞，轻拍她的后背安抚她。

"我什么都不想要，抚恤金，烈士称号……我只想他活着！"莫荷强忍着悲痛的情绪，"顾铮，我知道你是为我们好，但见到你，我就会很恨他，为什么你活下来了，他却没有？而他明明可以像你一样活着！我不懂什么大义，更不想要什么荣誉，我只想要我的家完整，只想要我的女儿有爸爸！顾铮，他到底是伟大还是自私呢？我不能理解他，永远也不想原谅他！"

顾铮的眼泪终于汹涌而出，而此刻，妞妞在他的怀里睡着了。

她的眼角还挂着泪水，小小的人儿眉头紧蹙。

顾铮知道无法安慰她们，这更加重了他内心的自责、愧疚。

顾铮所认识的江一辰一向沉稳。在许霖跳槽到另一家航空公司后，他和江一辰成了搭档。

江一辰比他大五岁，但顾铮是机长，他是副机长。

即使如此，两人在合作飞行中相处得越来越默契，友情也变得深厚起来。

有时候江一辰会请顾铮到家里吃饭，看着他们一家三口其乐融融的样子，江一辰劝他早点儿跟苏瑾定下来。

"成家立业，男人要成家以后才会无后顾之忧。"江一辰抱着女儿，搂着妻子，幸福不言而喻，"再有个孩子，人生夫复何求？"

顾铮坦陈：“苏瑾跟公司签订了协议，五年之内不能结婚。”

“职场对女性总是很苛责。”莫荷白了江一辰一眼，“你可以无后顾之忧地去工作，但照顾孩子的事多是我在操心，除此之外，本职工作也要完成！”

“虽然如此，但你女朋友不能放弃事业吗？”江一辰表现出不理解，“女人再强势，终归家庭幸福才最重要。”

顾铮淡淡地笑：“她喜欢做什么，支持她守着她，这也是幸福。”

江一辰和莫荷啧啧不已，都觉得顾铮对待爱人尊重的态度很赞。特别是莫荷，认为江一辰就应该像顾铮这样，不要只看重自己的感受、自己的事业，也要考虑到家人。

也许从一开始江一辰更看重事业这一点就注定了后来他的选择。

而顾铮不知道，这其中竟然还牵涉到了他。

三月的天气乍暖还寒，顾铮所在的航空公司要做一次应急救援演练。本次演练包括了三个场景，第一个场景是在海上作业时，平台上一位员工意外受伤，这需要直升机立刻实施医疗紧急救援飞行。第二个场景是作业人员被困在狭小的飞机飞行受限区域，这就需要飞机驾驶员在评估地形影响后，采取单轮着陆的方式救助被困人员。第三个场景是直升机要在空中完成侧飞、倒飞和低空增速等性能展示动作。

之前，顾铮已经参加过数次这样的救援演练，非常有经验。而江一辰也有六年的飞龄，两个人对各种机型都非常熟悉了。但对于这次演练，他们还是没有掉以轻心。

在飞机起飞之前，江一辰对顾铮说：“晚上去家里吃饭吧，我们庆祝一下。”

“必须得庆祝！”顾铮自信满满。

今天的救援演练集团总公司颇为重视，这也是他们引进的S76直升飞机首次参与救援，有很重大的意义。

他们两人上直升机后，先打开仪表灯和航行灯，一切准备就绪，开始启动飞行，进入正常飞行状态。虽然他们很有自信，但心里不免还是会有些紧张，江一辰将女儿的照片拿出来看了看，笑着说：“下次飞行想带着妞妞，她如果知道乘坐的是爸爸开的飞机，应该会很高兴。”

顾铮也笑了，想起苏瑾第一次乘坐他的航班时，他内心的欢喜。

他们成功地实现了第一个场景的救援，当飞行到一定高度时，将救助吊带放下，江一辰将吊带由头部套入，绕过后背并夹在两腋下，将吊钩挂在胸前缓缓下降，落到作业平台上时，他将事先等候在那里的工作人员绑上救生吊带，再将他带回安全场地。

第二个场景在山脉峡谷的飞行救援，他们也完成得很顺利。

意外发生在空中倒飞时，毫无预兆地，他们驾驶的飞机突然出现电传故障，顾铮立刻进行推杆手动操作，让飞机向上抬升。

“糟糕！”江一辰想要辅助处理，但按键无效，他随即向塔台发送故障报警。

“跳伞！”顾铮对江一辰下命令。

直升机几乎是立起来，笔直地冲向空中。

顾铮已经清楚地知道飞机是无法正常着陆了，他只能争取时间，看是否能有更好的方法着落。

“快跳伞！”顾铮着急地对江一辰说。

“我来处理！”短短的几秒钟内，江一辰突然摁下了顾铮的跳伞按钮，他来不及反应，已经被弹射座椅弹出。顾铮急速下坠，在半空中降落伞打开，他再一次升高看着飞机朝山脉间迅速地坠落。

“江一辰！”顾铮撕心裂肺地大喊。

顾铮落地后，迅速联系塔台询问江一辰的情况。塔台已经派出医疗人员前往救援。

顾铮的心揪了起来，他知道那一刻江一辰的选择是什么。为了保护飞机，他希望能够让飞机在最低位置迫降，如果飞机无人驾驶，从高空中坠落一定是整个报废，将会造成重大的经济损失。

顾铮赶到医院的时候，江一辰已经开始手术了。

因为他跳伞太晚，导致降落伞没有来得及打开，他重重地摔在地面——撞击击破了他的胸膈肌，左肺彻底碎了，心脏也受到巨大创伤，在进入手术室后十分钟，心跳就接近停止。

医生不停地给他做急救……

顾铮紧张地盯着门口，看着医生护士进进出出，等他察觉，指骨都已经捏青了。

这个时候，顾铮收到了莫荷的微信，她问：“顾铮，我联系不上一辰，今天的演练顺利吗？”

顾铮泪流满面，他不知如何回答，在按键上输入了又删除，删除了又输入……这是他一生里最难回答的问题。

“出了点儿意外，一辰在医院，现在已经派人去接你。”

莫荷的电话随即打来，她哭着说：“顾铮，手术怎样了？求求医生，别放弃！”

顾铮抬起手，朝墙壁上猛砸过去一拳，紧咬着牙关，不让自己哭出声来。

莫荷带着女儿赶到医院的时候，还抱着最后的希望，她抓住医生的手，苦苦哀求：

“我跟一辰是一个血型，他需要什么器官，我都可以换给他！”

医生不知如何回答，她转向顾铮，期许地问：“一辰的手术怎样？”

“他，”顾铮红着眼，拼尽所有的力气，断断续续地说，“一辰，一辰，他……没了。”

那一刻，莫荷凄厉地喊了一声“不”，然后整个人栽倒下去，顾铮及时地扶住她，看着她的身体像羽毛一样轻飘飘地落下。

顾铮守着江一辰坐了许久——他仿佛是沉睡了一样，只是脸色格外苍白。

“一辰，你醒来呀！”顾铮颤声地说，“妞妞需要你，她才两岁呀！”

“一辰，这种事应该由我来做，你为什么要抢先一步？”

“一辰，飞机保住了！飞机没有事，可是你怎么能这么傻呀？跳伞，早一点儿跳伞呀！你这个傻瓜，你知道你做了什么事吗？”

……

顾铮的唇已经咬破，血腥的味道冲到他的喉咙，让他的五脏六腑疼痛不已。

他真希望这是一场噩梦，真希望天亮的时候，他会醒过来，能够跟江一辰继续搭档。

3

顾铮守着江一辰的时候，昏厥过去的莫荷醒来了，她在旁人的搀扶下走到病房，来见丈夫最后一面。突然间她将无处宣泄的悲伤指向了顾铮，崩溃地大喊：“你们俩是一块执行任务的，为什么你活着？为什么他死了？”

顾铮默默地望着他。

她激动地冲向顾铮，抬手朝他打过去：“你是机长！是你下达的命令吗？你怎么可以让他去送死？”

有人拦着莫荷，顾铮摇头，任凭她捶打，任凭她发泄。

他知道这痛苦有多大，他知道没有人能理智地去承受。

一个人的山河破碎，不过如此。

顾铮在漆黑的房间里醒来，他蜷缩起身体，把头埋在枕头里，失声痛哭。他还记得江一辰一手抱着女儿，一手搂着妻子的幸福画面，但这一幕再也不会发生了。

永远也不会。

“永远”曾是一个多么浪漫的词，但永远又是一个多么残忍的词。

永失我爱，原来是这世上最痛苦的一件事。

顾铮从葬礼上回来，把自己关进房间，不吃不喝，心的痛楚让他睡不着，他没有办法麻醉自己，只能任凭痛苦吞噬他的心。

他从来不知道自己是一个如此脆弱的人，他的成长没有经历过太多波折。而这一次，眼睁睁看着好友、搭档在面前死去，他却无能为力。他知道，江一辰做的是原本他该做的，如果换一下，那么活着的人就是江一辰。

顾铮没有办法原谅自己，当他失魂落魄地回到航空公司，坐在飞机上时会觉得手在颤抖，根本没有办法专注地进行驾驶。航空公司的心理医生给他做过辅导，却没有明显的好转。

这一次停飞，他想也许是无限期了。

现在的他，内心充满了迷茫。他曾经热爱飞行，曾经觉得这是一件炫酷的事，但他害怕再次面对危机，人和那种叫作命运的神秘力量是抗争不了的。如果下一次是他出事呢？看着妞妞和莫荷，他很怕让他爱的人承受这种痛苦。

4

顾铮在云来小镇住的这些日子，最喜欢去河边坐坐，偶尔会有小木船缓缓驶过，船夫佝偻着背，一边卖力地划桨，一边调高嗓音，唱上一曲高亢淳朴的山歌，等船行得老远，那余音还在山谷间回转，疏阔渺远，令他心生感动。

生命的意义是活着，即使贫穷，即使卑微，即使一无所有，那也要向前再向前。

而他呢？在深夜里，在雨夜里，在晨曦和傍晚，独自沉浸在痛苦里，不可自拔。

陈白的到来，也没有让他有所改变。

“闭关了这么久，该回归了。”陈白巴巴地说，“你不回去，小晚也不许我回。怎么办？难不成你想让我们两个大老爷们每天在这里四目相对？”

“你回去吧。”顾铮说，“律师事务所得正常运转，反正我也停飞了，在这里住一阵子挺好。”

“没把你带回去，小晚也会赶来的。”陈白泄气地说，“行了，我就在这里守着你，等着你。”

顾铮无可奈何地出门：“我出去散步，你休息一会儿。”

“喂——”陈白赶紧跟上去，“我跟你一起。”

看着一路的山清水秀，陈白深吸一口气：“如果真能归隐于这山水间，倒也是不错的生活。只要小晚肯陪着我。”

陈白内心对莫小晚有些怨气，对着顾铮发起了牢骚：“有时候爱一个人真的很累，特别是你爱的人没有那么爱你的时候……你所做的每一件事都要讨她的欢心，还要被她的若即若离折磨！你看到她和别人一起会吃醋，看到她生病或者饿了冷了会着急，几天不见就思念得厉害。”

顾铮缓缓地望向陈白，他从来没有听他说这么煽情的话。

“有时候觉得自己的心都被掏空了。”陈白苦涩地笑笑，“真的好累。在这段感情里，什么都是她做主，见面不见面，结婚不结婚……这么多年了，我以为她会为我的忍让感动，至少给点儿回应，但她越来越觉得这一切理所当然！真的，有时候我想，跟你比起来我还算幸福的，至少还能常常跟她见面，而苏瑾……”

“说你自己。”顾铮不由得打断他。

陈白撇撇嘴：“我这一辈子都没哭过几次，但不瞒你说，跟她分手的时候，我一想到她，眼泪就会忍不住。我怎么就这么爱她？所以我活该被她拿捏在手里。”

顾铮抬手拍拍他的肩膀：“其实你们俩挺好的。”

“好什么？”陈白丧着脸，可怜兮兮地说，“她都不够爱我，这段关系一直是我付出！我敢保证，要是哪天我懈怠了，她指不定就甩了我！”

“别想太多了。”

“唉，”陈白有些不好意思，“我是来安慰你的，怎么反过来成了你开解我？顾铮，回去吧，我真的想小晚了——”

顾铮还没有心理准备，他觉得在云来小镇，心情平静了许多。他知道自己在逃避什么，在这里越久，他越发害怕去面对了。

不想去看父母关切的眼神，他的强颜欢笑根本瞒不过他们；他不想回航空公司上班，同事的同情会让他越发愧疚；他也不想让苏瑾分心，离开才能让她专注地去忙自己的事业……

顾铮没想到陈白会来，而且住了下来。他更没有想到，另外一个人也会来。

那天，正在屋内准备晚饭的顾铮听到陈白在院子里与莫荷说话的声音，心里一惊。

顾铮怔怔地，想起上次去见莫荷时她说的话。

他怀里的妞妞含泪睡着了。莫荷接过女儿，脸贴着她的脸，静静地说：“顾铮，知道吗？江一辰是被你间接害死的。”

顾铮垂了垂眼。

“其实做你的搭档，他一点儿也不开心。”

顾铮的心被重重地撞了撞。

“他的运气一直不好，在航空学校的时候成绩很优秀，但他的留校名额被别人取代了；进入航空公司他一直很努力，每一次的飞参数据，他都尽量做到最好。可是他成了你的副机长。他总觉得他欠缺的是运气和机会，因为你得到重用，所以你比他小五岁，他却要服从你的命令。”

顾铮没有想到，江一辰会这么在意。成为他的搭档原本是领导的安排，在工作中他从来没有以机长的身份压制过他，他把他当朋友，当可以信赖的人。

莫荷自嘲地笑笑：“他就是一个自尊心这么强的人，他不服你，不甘心，但他又拼命地压抑自己的嫉妒。

“在那一刻，他选择让你跳伞，我想他是想证明给所有人看，他能做得很好。

“这是一个机会，他抓住这个机会，就能够得到他想要的成功。

“因为你是他想要超越的人，所以他才这么幼稚地一意孤行！

“那个时候，他想的是要赢你，而不是女儿，不是我！

“顾铮，知道吗？我恨江一辰，也恨你！如果不是成为你的搭档，也许他不会有那么深的自卑，不会那么冲动和盲目！”

顾铮望着痛苦的莫荷，无言以对。

原来真的是他间接害死的江一辰，如果不是他给他的压力，江一辰的选择会不会不同？

“你走吧，”莫荷说，“我不想再见到你！因为一看到你，我心里就没有办法平静。顾铮，我知道你对此一无所知，但我，没有办法不去想。”

顾铮湿了眼眶，最后看了看妞妞，转身离去。

他以为莫荷不会再想见到他，没想到她会来。

“我听说心理医生鉴定你有创伤后遗症，你被停飞了。”莫荷立到顾铮的面前，声音很平静，“我找你父母要到你的地址，在回老家前想来见见你。”

陈白看了他们一眼，默默地退出了房间。

顾铮倒了一杯水递给她：“妞妞好吗？”

“她去奶奶家住一阵子，一辰是独子，他父母……”莫荷没有再说下去，“我想了又想，上次的话太偏激了。一辰的事怪不得你，那是他自己的选择，你不必为此自责。”

顾铮的眼眶红了，他吸了吸鼻翼，手微微地蜷缩起来。

“回去吧。”莫荷说，“我知道你跟一辰是一样的人，你们热爱飞行，看重自己的工作，以后，你要替一辰继续飞下去。”

“对不起——”

莫荷噙着眼泪摇头，把一张银行卡放在桌上：“我去航空公司问过了，他们给的抚恤金里有一部分是你让他们交给我的，不，顾铮，我不能要。”

顾铮把那张卡拿起来放回到她手里：“我知道这不能弥补什么，但这是给妞妞的，我希望她能受到更好的教育……”

莫荷握住卡，隐忍着内心的痛楚，说：“刚出事的那段时间，我真的无法接受。那天早上一辰出门的时候跟我说晚上想吃我做的清蒸鲈鱼……妞妞要喝奶，我一直在忙，甚至都没有回答他。一想到这里我就很难过，我应该停下来去抱抱他，去对他说，老公，等你回来。”

莫荷忍不住啜泣起来：“很多事都来不及了。我们一家三口还没有一起旅行，没有一起去游乐场，甚至没有一张全家福……我总是觉得会有机会的，但一转眼他就不在了。”

顾铮抬起手来，轻轻揽住莫荷，而她扑在他肩上痛哭流泪：“我很想他，每次看到妞妞，更加想他！我很怕妞妞长大了问我要爸爸，很怕她的成长因为没有爸爸而孤独……”

顾铮默默地流泪，命运里那些生离死别，会将人打入炼狱。

那个晚上，他们三个人坐在院子里，看着漫天的繁星，听着蛙叫，伴着初春的凉风，喝酒聊天，哭哭笑笑。

逝者已矣，生者如斯。

这简单的八个字，含着多少的痛楚和眼泪。

5

那个时候，苏瑾接到了莫小晚的电话，她说陈白已经到了云来小镇，但顾铮还是不肯回来。

“也许只有你才能将他带回来。”莫小晚小心翼翼地说，“不如……”

苏瑾愧疚地说：“过几天有个并购案的竞标，这些天全为着这件事在忙，整个公司的人通宵达旦地准备材料，这个时候我不能离开。”

莫小晚理解苏瑾的为难，笑了笑：“那等你这个案子做完，好好跟顾铮谈谈吧。”

苏瑾刚挂了电话，秘书文曦进来，低声说：“有人见到一招科技的老总跟瑞安的总经理吃饭，苏总，他们会不会暗箱操作？”

一招科技因为曾是民营企业的佼佼者，所以在国内名气颇大，后来他们改制上市，在A板也曾风光无限，只是因为经营的问题这两年发展得举步维艰，为了能够让这个有五千名员工的大企业重新有活力，他们董事会决定进行一轮融资。

对一招科技看好的投资公司和企业很多，大家都知道，一招的实力还是很雄厚的，盘活它，只是需要注入一些新鲜血液。苏瑾在接触到这个项目后，对一招的报表仔细分析过，她觉得KPCB在国内涉足的领域还太单一，如果能注资一招科技，既会有不错的经济回报，也会打响KPCB在国内的影响力。

苏瑾看好的项目，经过KPCB分析后，也觉得可操作。

只是孟总告诉她：“并购一招科技的难度会很大，第一，他们董事会的那批人比较守旧，不一定会同意外资的介入；第二，另外竞标的公司跟一招有千丝万缕的联系，也曾有过几次合作，他们已经占定了一部分的优势；第三，我们这边的投资者，他们是否支持并购一招科技，毕竟一招科技最近负面报道太多，他们不一定有信心。”

孟总望着她的眼睛：“苏瑾，这块骨头这么难啃，如果花了很多时间精力，结果并不理想，KPCB不满的不仅是你，还有我。”

苏瑾知道孟总的顾虑，坚定地说：“我不能说有十足的把握能够拿下一招科技，但我会尽量把方案做到最细致，给到一招和我们的委托人。”

孟总舒了一口气：“我看重的就是你的这份沉重冷静，资本市场可不是一时头脑发热的事，而是要运筹帷幄，未雨绸缪，我相信你可以做得很好。”

“孟总，谢谢您！”苏瑾动容地说。

如果不是孟总出面斡旋，当初杨晏然卷走6000万，投资委托人早就告她了。因为有

KPCB做担保，他们才同意不告她。

这份恩情，苏瑾终生难忘。

所以她现在拼尽全力地工作，就是希望在三年甚至是两年之内将6000万给KPCB挣回来。

她现在也在涉猎更多的项目，除了中小企业的风投，还有房地产以及餐饮行业……只要是她觉得可以尝试的，那就做全面的分析和预算。

前些日子，杨延文和俞秋水到国内来找过苏瑾，看到杨晏然的父母，苏瑾无言以对。

俞秋水泪眼婆娑地拉着苏瑾的手："委屈你了，孩子。"

杨延文愧疚地说："晏然一直没有和我们联系，这个臭小子，竟然敢做出这样的事，见到他，我非要打断他的腿。"

苏瑾黯然地说："伯父伯母，这件事也不能全怪他……"

"都这个时候了你还替他说话，"俞秋水哽咽道，"我们都知道了，他差点毁了你呀！"

"6000万不是小数目，现在由你来还……"杨延文拿出一沓文件，"我们正在办理房屋出售，还有股票基金，以及找亲戚朋友凑了一些，大概有一千二百万，这些钱先替他还上，苏瑾，看能不能……"

KPCB虽然安抚了委托投资者，但这6000万是实实在在要还的，苏瑾要尽快赚回这笔钱，所以这6000万就是苏瑾的债务。因为苏瑾还没有撤案，杨晏然还在被通缉，所以杨延文和俞秋水找到她，是希望她能够不追讨6000万的下落，放过杨晏然。

"我们会找到他，钱一定会让他还回来！"俞秋水哀求着，几乎要跪下去，被苏瑾赶紧扶了起来。

她看着强硬，其实是一个心软之人。她知道答应他们意味着这6000万的债务就由她承担了，可是不答应，杨晏然就会是一个逃犯，会受到法律的制裁。

他咎由自取。

但她真的忍心看着他沉沦吗？初见时的杨晏然那么温暖，那么美好，他不顾一切救她的场景还历历在目，后来回国，他们一起创业，一起打拼，他对她的好并不能够抹杀掉。

苏瑾曾经真的很恨杨晏然，恨他的欺骗和对她的残忍，但这些恨比起让他坐一辈子的牢，她觉得自己根本做不到。

“苏瑾，”杨延文老泪纵横，“我们知道对你提出这样的要求让你很为难，但我们就这么一个儿子，不能眼睁睁地看着他坐牢呀！我们年纪大了，不知道还能活到什么时候，我们就指望着这个儿子给我们送终……”

俞秋水将苏瑾曾经送给她的那条丝巾拿出来：“你第一次到我家来，我就很喜欢你！阿姨把你当成女儿一样，现在阿姨求你了，救救晏然，他纵有错，后半辈子我们一家都会弥补你！”

苏瑾终于点头：“我不会追究——”

俞秋水大喜过望：“真的？”

“委托投资人已经给我机会，我想我也可以给他一个机会。”苏瑾停顿了一下，“不过找到他，请他将钱退回给投资人。”

“好好好！”俞秋水连声地说，“我们一定会说服他的。”

对杨晏然的感情和付出，苏瑾希望能够用这样的方式去弥补她的遗憾和愧疚。

无爱亦无恨，他们俩终于消散在茫茫的人海里。

Zhijian Hualiang
Yi Cheng Shang IV (Da Jie Ju)

第2章

累了时，还有我

1

苏瑾揉了揉太阳穴，看看腕表的时间，已经是夜里八点。

文曦拿着一沓资料进来，看到桌上苏瑾没有动的晚餐，忍不住说："苏总，一会儿胃又该疼了！"

苏瑾笑了笑："你先下班吧，一会儿我就吃。"

文曦把文件放下，不服地说："今天瑞安那边又放消息，说跟一招的战略合作谈得差不多，他们这是向其他公司示威呢，希望别人能知难而退。"

苏瑾若有所思："联系一招的老总，我想以私人名义请他吃饭。"

文曦快速地说："那可不行，听说一招的老总作风有问题，否则也不会把那么大一家公司给败得七七八八了。"

苏瑾笑了："我倒真是想要会会他。"

"那你得带着我！"

文曦稍后就去约这个局，对方一听是苏瑾以个人名义邀约，很感兴趣地答应了。隔着电话，文曦都能感受到一招老总谈永一的油腻，不免对他心生厌恶。

其实她文曦知道，这样的饭局苏总是不屑去应酬的，但现在瑞安步步进逼，他们不怕公平竞争，就担心对手用心机耍手段。文曦做苏瑾的助理才三个月，她是在信汇投资创立之初就来到这家公司，那时的她刚大学毕业，还是职场小菜鸟，后来跟苏瑾接触久了，对她很是钦佩。她那种专业和魄力，令她整个人都散发光芒。她在心里把苏瑾当成偶像，暗暗地崇拜。

后来信汇投资被杨总逼到绝处，好多人都辞职了，她留下来想着帮忙处理一些善后的事宜，没想到苏总竟然力挽狂澜，成立了KPCB的全资分公司。

文曦升任苏瑾的助理。

文曦很不明白，她问苏瑾："其实我能力经验都很浅，为什么是我？"

苏瑾放下笔，抬头望着她笑："能力和经验都可以慢慢积累，但是一个人的责任心非常重要。我看重的，也就是这点。"

原来有天晚上苏瑾下班的时候，看到文曦在去每一间办公室挨个儿地关电源、关灯……那时候公司账面上没有钱，所有的业务都停下来，员工如同一盘散沙。唯有文曦还坚守着最后的岗位。

这令苏瑾动容，也让她对文曦十分信任，在公司正常运转后，将她升为自己的助理，很多事情都放手让文曦去做。

这也让文曦对苏瑾怀有知遇之恩的感激，工作和情感上都与她站在一起。

苏瑾在包厢门口见到文曦的时候，嗔怪地瞪了她一眼。

文曦冲她吐吐舌头，调皮地笑了。

原本说了她私下请一招的老总谈永一吃饭，没想到文曦安排了七八个人来，都是公司中高层员工，这就变成公司性质的洽谈了。

约定的时间已经过了，谈永一还没有到，苏瑾倒也不恼，她知道对方是诚心摆谱。瑞安那边频频放消息出来，应该也是跟一招通过气，两相示好，合作志在必得，其他公司的参与，都只是陪着走下过场。

苏瑾了解过谈永一，他虽然是公司老总，但董事会中也有部分董事对他不满，所以他们坚持以招标的方式选择并购的公司。

这也就是苏瑾的机会。

苏瑾正沉思着，听到文曦低声说："来了。"

她站起身，满脸笑意地迎向门口，而对方见到苏瑾时无所顾忌地盯着她上下打量："早听闻苏总是美女，现在见着，简直是让人惊艳呀。"

他握住苏瑾的手，另一只手搭上去拍了拍，眼光越发轻浮："苏总真是美貌与智慧并存，难得的佳人。"

"邓总，你可不能有了新欢忘了旧爱……"说话的人阴阳怪气地大笑起来。

"肇总，男人好色可是本能！"

谈永一一边说，一边握着苏瑾的手不松，文曦赶紧拿过服务员端着的热毛巾递过去："谈总，先擦个手，咱们开席吧。"

谈永一这才松开苏瑾，接过毛巾，象征性地擦拭了一下，对苏瑾说："来，我介绍下，这是瑞安公司的肇总。"

苏瑾看着面前的男人，心里一怔。

她知道谈永一和瑞安公司关系甚好，但没想到他竟然会带瑞安公司的人到她的饭局来，这不是明确地告诉她，他们两家公司早有合作意向了吗？

她和文曦交换了一个眼神，对肇总说："来者是客，请入桌。"

肇易辉本想坐在谈永一的旁边，听听他和苏瑾说什么，却被文曦巧妙地安排到了另外一边，另外两位同事开始跟他说话，缠着他拼酒。

肇易辉有些疲于应付，干脆端起酒杯朝苏瑾走过去："苏总，虽然说我们两家现在是竞争对手，但对于苏总的胆识我还是很佩服，以后也希望我们有更深一步的合作。"

他说的这话拿腔弄调，好不轻浮，令文曦鸡皮疙瘩都要起来了，赶紧端着酒杯起身挡酒："我们苏总有胃病，不胜酒力。我来敬肇总一杯——"

"且慢。"肇易辉挑衅地望着文曦，"你替你们苏总喝可以，但规矩要变！"

"怎么变？"

"你跟我喝——"肇易辉眯着眼睛笑，"那得喝交杯酒才行。"

谈永一叼着烟，鼓掌叫好："苏总的这位女将是巾帼不让须眉，前途无量！"

肇易辉不怀好意地朝着文曦的胸前扫了去："既然谈总都摆出看热闹的架势，咱们也不能扫了他的兴致。这样，你一杯，我三杯！"

文曦的脸涨得通红，她不知如何应付这个场面，旁边有人劝阻，肇易辉哪里放在眼里，只是坚持要跟她喝交杯酒。

"文曦你坐下。"苏瑾慢悠悠地说，整个包房突然静下来，肇易辉饶有兴致地看着苏瑾。他今天就是来搅局的，越乱越好。

苏瑾端着酒杯站起来，走到肇易辉面前："肇总既然想要跟我喝，那我自然得舍命陪君子。"

她那个"君子"语气很重，倒是令肇易辉脸上泛起尴尬。

"那是再好不过。"莫名地，肇易辉看着苏瑾镇定自若的模样，有点儿心慌。

她举起杯子碰碰肇易辉的酒杯，嫣然一笑，仰头饮尽。

谈永一再一次鼓掌叫好，然后起身想把手搭在苏瑾的肩膀上，又拿过她手里的杯子："肇总，我可看不下去了，得怜香惜玉。"

文曦心里急死了。这两个男人，一个灌酒，一个揩油，真是天造地设的一对。

苏瑾也知道，这两人来者不善。他们一唱一和，就是想要逼退她，而她也明白文曦为什么会找这么多人来挡酒了，如果不是人多，她也招架不住。

苏瑾不经意地转过身，躲过了谈永一的手，然后举起酒杯朝向他："谈总，我听汇丰银行的任主任说跟你是旧相识，很巧，我们跟汇丰银行也有合作，任主任还提起过你……"

谈永一突然脸色一变，收起了刚才那副轻浮的模样。

苏瑾知道点到为止，她也不想惹得谈永一太不痛快，又主动跟他连碰了几杯。

文曦几次试图拦住，她都用眼神给制止了。这个面子，她得给足了谈永一，否则这个人要是狗急跳墙，那他们也拿他没有办法。

肇易辉没有听到苏瑾刚才说的话，但他明显感觉到了谈永一对苏瑾规矩多了，最后告辞的时候，他起身跟苏瑾握手，还有那么点儿真诚地说："苏总，其实KPCB是家大财团，我们一招科技能傍大腿那也是求之不得，但你懂的，一招科技董事局都是帮守旧的老人，他们担心外资注入会让一招巨变，影响他们的利益。下次董事会我一定会再次表明立场，并购是公开招标，我们要选择真心为一招好的公司。”

肇易辉心里咯噔一下，这个谈永一，搞什么鬼？带着自己来就是给KPCB表明立场，怎么饭局一结束，他就改变态度了？

肇易辉重新审视苏瑾，倒觉得她深不可测。起初他怎么会把她放在眼里？在刀光剑影、瞬息万变的资本市场，一名年轻的女性，能翻得起什么浪花来？他甚至恶毒地猜测，苏瑾能够有今天的位置，不过是权色交易的结果。

但是苏瑾超出了他的想象，冷静，那种骨子里散发出来的安之若素让他竟然有些不知如何应付。

她以不变应万变，对着谈永一这样的老油条都能从容应对，这几乎让他钦佩。

她很美，穿宝蓝色衬衫黑色长裤，颈项上一条珍珠项链，略施粉黛，清丽脱俗。

肇易辉后来认真地回忆了一遍整个饭局的细节，也想不透谈永一前后变化的原因。谈永一走的时候只对他说了一句：“好好回去准备你的标书，这一局是硬仗了。”

肇易辉想，难道是谈永一败在了苏瑾的石榴裙下？

2

直到谈永一和肇易辉离开，文曦这才松了一口气，关切地问苏瑾："苏总，您没事吧？"

苏瑾摇摇头。

文曦义愤填膺："这谈永一跟肇易辉就是两只狐狸，若不是大局为重，我恨不得把酒泼在他们的脸上！"

苏瑾笑了："沉住气，他们的关系也不是不可逆转——"

"苏总，我也奇怪，为什么后来谈总会松了口风，说看好我们KPCB？他在董事会有一帮拥护者，偏袒瑞安公司也是为了稳定他重组后的势力。"

"我跟他说了汇丰银行的任主任……"苏瑾低着头捂着胃部缓缓地说，"一招走到这一步不良资产肯定不少，而汇丰就有一大笔死账收不回来，这其中任主任应该没少拿一招的好处。"

"可我们没有证据呀。"

"我就是要让他误会……"苏瑾的声音低了下去，突然胃部一阵疼痛，一股热流喷涌而出，她终于忍不住捂着胃部蜷缩下去，呕出一口血。

"啊，血——"文曦吓得脸色苍白，在她的低呼声里，苏瑾闷闷地一头栽在地上。

苏瑾因为胃出血住院。

情况比预想的还要糟糕，苏瑾的胃病反复发作，引起胃贲门发炎，这次喝酒导致贲门出血，并且出血量特别大。苏瑾被送到医院的时候，呕出的血染红了她和文曦的衣服，吓得文曦直哭。

"苏总，苏总——"文曦看着昏迷的苏瑾，一边喊着，"你要撑住，你……你等着，我这就给你男朋友打电话。"

顾铮接到苏瑾的电话，是夜里的十一点。

他一下清醒过来，握着手机柔声说："小瑾——"

"顾大哥！"文曦泣不成声，"我是文曦，苏总病了，你快来！她在市三医院，吐了好多血！"

顾铮的心被揪起来，一边穿衣服一边对着手机说："冷静点儿，文曦，既然在医院了就听医生的安排！你告诉我，她怎么突然会吐血？"

“今天晚上跟一招科技的老总吃饭，苏总被灌了好多酒！”文曦哭着说，“我早知道他们不是好人，喊了好几个人去挡酒，但是苏总还是喝了好几杯，她的胃本来就不好……”

“她现在怎样？”

“还在昏迷，医生让输血，但现在B型血不够，去血站拿了……”

“我会尽快赶回来，你先守着她，有什么情况告诉我。”

“好。”

顾铮挂了电话，这才感觉自己手心里都是汗。

此刻他心急如焚，恨不得立刻飞到苏瑾的身边。他知道她很拼，但这不就是他认识的苏瑾吗？做任何事都全力以赴，因为她从来就没有退路。

听到动静从隔壁屋出来的陈白睡眼惺忪地问：“怎么了？”

“我要回去了。”

“啊啊啊啊啊？”陈白惊喜地大喊，“我终于可以离开这里了！”

陈白看看时间：“现在？”

“现在。”顾铮简单地收拾了行李，“我现在去机场，赶最早的一班飞机回去。”

陈白再一次大喊：“这半夜三更怎么去机场呀？这山路得走一个多小时，然后还要坐车……”

顾铮只是一句“苏瑾病了”就让陈白闭嘴了。他知道，现在是上刀山、下火海，顾铮也会赶回去见苏瑾。

他在这里陪着顾铮已经一个星期了，但他压根没有回去的意思，他跟莫小晚请示，她只说让他在那里待着，什么时候说服了顾铮什么时候回去。他在心里叫苦不迭，两个大老爷们生活在一个屋檐下是够无聊了。唯一的娱乐活动是去山里转转，然后做简单的一日三餐，他发现自己适应不了这么清简的生活，还是向往繁华热闹的都市生活。

何况，他真的很想莫小晚。

莫荷在这里住了一夜，陈白很同情她，也挺钦佩她的坚强。那天晚上他尤其想念小晚，恨不得立刻去找她结婚，他怕他们之间会“来不及”，会留有“遗憾”……在看到别人的失去时，他想好好珍惜自己拥有的。

3

苏瑾醒来的时候，天光还暗着。

胃部传来的灼痛让她低低地呻吟了声，文曦警觉地醒了过来，一见到她，眼泪就蓄上来："苏总，还疼吗？"

苏瑾因为失血，脸色苍白，浑身虚弱，她给了文曦一个笑容："几点了？你快回家吧。"

文曦看了看手机："四点，你再睡一会儿，我就在这里守着你。"

"回家吧，你父母该担心了。"

"不要紧，我已经跟他们说过了。" 文曦掖了掖她的被子，看到她干裂的唇，柔声说，"因为出血，你现在不能吃任何东西，喝水也不行。"

"文曦，明天的行程是怎样的？"

"苏总！"文曦低呼一声，"您能不能爱惜自己一点儿？明天的行程我会统统取消，不仅明天，这一个星期您都得在医院里待着。"

苏瑾苦涩一笑："你知道的，这怎么可能。"

文曦退让一步："三天——"

在苏瑾的目光里，她颓败地说："两天，至少得两天！苏总，不要挑战我的底线！"

苏瑾无声地笑了。

文曦生气地别转面孔："有您这样的上司，真是让我操碎了心。"

"文曦，把我的电脑拿来。"

文曦看着还在输血的苏瑾，知道自己多说无益。只能将苏瑾的病床调高，然后打开电脑放到她面前，让她处理公务。

看着虚弱的苏瑾，文曦忍不住问："苏总，成功对您来说就这样重要吗？您可以二十四小时工作，不需要逛街、看电影、旅行，甚至也不需要跟男朋友约会！"

苏瑾思忖了一下："其实我也很想给自己放个假，去逛街、看电影、旅行、约会。但我的心里会不安，我觉得自己没有资格去享受这些，不是渴望成功，而是一种惯性！也许小时候的经历被磨成了必须要努力的骨气，不能松懈，不能被人看不起，也不能被人随意地践踏。"

文曦不是很能理解苏瑾的话，她的家境小康，父母开明，对于她来说，奋斗凭借的是一腔年轻的热血，但如果要付出很多，她会选择趋利避害，选择以自己更舒适的方式。

而苏总，她把自己逼得太紧了。

也许是因为她成不了苏总那样的人，才会对她更加敬佩。

“对了，苏总，您说让谈永一误会。”文曦问，“误会什么？”

“误会我们跟汇丰的任主任有交情。”苏瑾笑着说，“他肯定很怕他那些不良资产的明细曝光，何况现在是并购的敏感期，我们给媒体透露一点儿消息，他们就会翻出更多的内幕。这样别说谈总在重组后的位置了，说不定还有牢狱之灾。孰轻孰重，他分得清。”

文曦啧啧地说：“他是自己心虚，只要抓住他的这个弱点，我们就可以让他不发声了。”

“不过也有风险，其实我只是揣测。”

“苏总，您简直是神机妙算！”

“我看过他们的报表，其实在五年前一招的经营状况就已堪忧，但竟然还有银行给他们贷款，这其中必然有利益驱使。”

“可是任主任，您怎么知道？”

“我给他们银行打了个电话，假装说是国资局的工作人员，想了解他们银行跟一招的合作，他们就让我找任主任，说这件事是任主任负责。”

文曦笑弯了腰，捂着肚子说：“就凭借一个猜测就收拾了谈永一和肇易辉，将我们被动的局势扭转过来，真是高呀！”

“现在胜负未定，我们不能放松。”

“那肇易辉失去了谈永一的支持，只凭借瑞安的财力，并不能打动一招的董事会。”

“所以，干活吧！”苏瑾深吸一口气，“我们要把并购计划书做得让他们无法拒绝。”

“必须！”文曦嘻嘻地笑，“要是他们知道苏总您请吃饭是一出鸿门宴，您说他们还会来赴约吗？我想现在最后悔的是肇易辉了。”

虽然文曦强烈要求苏瑾能够休息两天，但因为今天还有个重要的立项会议要开，苏瑾巴巴地希望文曦能带她回公司。

文曦最后没办法，只能去借了轮椅，顶着被医生护士批评的风险，带着苏瑾偷偷溜出了医院。

苏瑾手臂上还打着吊针，因为不能进食，她的脸色更加惨白，当她出现在会议室的时候，全场都肃然起敬。

昨天晚上苏瑾吐血的样子已经被人传开了，看上去那么严重，可她今天竟然坚持来上班。

“这几份立项计划书我看过了，对兴华公司的风投我觉得可行，但对于他们公司这几年的资产结构、审计报表还不够详细，需要补充上来；罗开地产的项目规划书不太理想，他们这几年的投资收益我觉得是有水分的；齐烨文化，我觉得对他们的投资周期太长，我们没有足够的把握支持利润的回笼……”

简单的几句已经让在座的同事汗颜，他们知道苏总对事情极为认真，一点漏洞和瑕疵都能被发现，而她并不是对别人苛责，她对自己同样要求严格。

可以说，公司里大部分人都比苏总年纪大，但没有人不服她。她就是有这样的魄力和魅力，将整个公司凝聚起来，让大家对工作都有一份敬畏之情。

苏瑾正安排着工作，一抬头，看到落地窗外站着的顾铮。

她不由得停了下来，脸上露出了然的微笑。会议室里所有的人不由得顺着她的目光看过去，在看到顾铮的那一刻，他们也笑了。

再强的女人，在面对爱情的时候也是柔软的。

会议结束时，文曦俯身对苏瑾说：“苏总，我刻意瞒着你，是想给你一个惊喜。”

苏瑾嗔怪地说：“这可不在你职务范围内。”

“我管不了你，那就只能让你男朋友来管了。”

说着，文曦赶紧溜走了，而顾铮走进了会议室。

他蹲下身，心疼地抚了抚她的脸：“我送你回医院吧。”

“有几份文件还要处理，稍等一下——”

“小瑾！”顾铮正色道，“今天你的工作是好好休息。”

苏瑾被顾铮从轮椅上抱起来，她有些娇羞地埋着脸：“在公司呢。”

“如果你再闹着要工作，我就不是公主抱，而是扛着你回医院。”

苏瑾靠在顾铮的怀里，终于不再反对。

这一刻，她幸福而安宁——

顾铮把她放到副驾上，替她系安全带的时候，苏瑾抬手抱住顾铮，深情地说：“对不起，这段时间没有陪在你身边。”

顾铮抬起手来，紧紧地抱住她：“小瑾，我知道你很难，但不要一个人去承担那些。你还有我，在外面拼得累了就回来，我等着你。”

苏瑾的眼里蓄上了泪。

从认识顾铮开始，这段感情一直是他在付出，在她逃避、犹豫、彷徨甚至是放弃的时候，他一直都在那里。她从来就不是一个有安全感的人，她一直觉得自己可以强大到不需要任何人……所有人都觉得顾铮更喜欢她，所有人都觉得她冷漠薄情，所有人都觉得她就是一个工作狂、女强人。但顾铮早已经在她心里伫立了。年少的那些时光，她习惯了回头去望他；在离开的时候，她习惯了去想念；她人生的每一个瞬间，无论悲伤还是喜悦，她的心里，都有着顾铮。

也许她太理智了，也许连她自己都没有察觉，她其实根本就离不开顾铮，她比任何人认为的都要爱他。

只是她的性格让她做不了小女人，不会撒娇，不懂腻歪，也不会想着分分钟跟男朋友待在一起。有时候看着小晚和陈白，她会心生羡慕。这才是正常的情侣吧，可她好像没有那么多的时间来陪伴他。她会想着报表，想着策划，想着大盘和很多的数据……

跟她交往的顾铮应该会累，但他从来不说。有时候她只能在出差前抽空见他一面，或者加班间隙跟他吃个晚饭，又或者是她回家前在楼下道一声晚安……她对他有无限的歉意，就像这一次，她明明知道他的情绪很低落，他去了云来小镇，她却抽不出一天的时间过去陪陪他。

他知道她的无可奈何，在微信上对她说：深情不及久伴，厚爱无须多言。

他就是一片海，稳稳地托起了她这一叶孤零零的小舟。

顾铮坚持让苏瑾回了医院，护士过来数次检查，都没有见到人，看到苏瑾从外面回来，脸色一沉：“你知不知道你的病很严重？要是出了大事，医院可不负责！”

在护士还想继续批评苏瑾之前，顾铮赶紧赔笑：“对不起，我女朋友想去散步，所以……”

护士看着高大俊朗的顾铮，声音不由得放软：“女朋友这么任性，你也不能什么都由着她。”

“是是是！”顾铮宠溺地在苏瑾的脸上捏了一把，“她有时候不太听话。”

等苏瑾躺回到床上，护士给她量血压的时候偷偷打量起顾铮，心里不由得想，她的男朋友不仅帅气，还这么温柔体贴，真是令人羡慕。

“你的吊针呢？”护士看她手背上有些青紫，问，“自己拔针会有回血，下次别这样了。”

苏瑾笑着点头。

顾铮看着苏瑾的手背，轻轻抚摸过去，这让苏瑾有些不好意思，用眼神示意，护士还在呢，可顾铮干脆抓起她的手背放在唇边亲了亲。

在护士善意的笑容里，苏瑾的脸不由得红了。

“小瑾——”

听到莫小晚的声音，顾铮和苏瑾都抬起头来。

莫小晚的身后巴巴地跟着陈白。

莫小晚走到苏瑾面前，一脸关切地问：“没事吧？”

“不要紧。”苏瑾笑着说，“休养几天就好了。”

“这6000万的债务本来是杨晏然的，你不能为了替他还钱把自己的命搭上！”莫小晚气鼓鼓地说，“你就是好心，他的父母一来哀求你就答应撤案，要我说应该抓到杨晏然，让他把钱给吐出来！”

“小晚！”陈白拉着她的手，示意她别说了。

但莫小晚瞪他一眼，他就噤若寒蝉了。

莫小晚依然气愤难平：“看看你自己，简直把自己卖给公司了！不仅签了十年卖身契，还五年之内都不能结婚！好，不结婚就不结婚，但你把自己搞得这么辛苦，我真怕你十年不到就过劳死！”

莫小晚又气又急，眼泪都要落下来：“你平时最讨厌交际应酬，现在竟然还去陪酒……”

“只是吃饭！”苏瑾弱弱地辩白。

“吃饭！”莫小晚瞪了她一眼，“单纯的吃饭会喝酒喝到胃出血吗？”

顾铮护着苏瑾，揽过她，对莫小晚说：“你也了解她的，对于她认定的事，没有办法改变。”

苏瑾小声地说：“知道啦，下次我会注意。”

“你呀——”莫小晚后怕地说，“别再那么拼命了！不值得！”

4

苏瑾在医院里又住了一日，在出院前，文曦来跟她汇报了一件事。

“肇易辉就是卑鄙小人！”文曦气得咬牙切齿，“明的不行，就来暗的！”

因为之前杨晏然很轻易就卷走公司6000万，文曦觉得公司里危机四伏，有些事不得不防，所以她自作主张地在苏瑾的办公室安装了摄像头。特别是一招并购案马上要招标了，所有的资料都需要保密，一旦泄露，很容易让对手公司找到漏洞。

昨天文曦回公司取份文件，看到项目部的邓星闻在独自加班。她有些奇怪，往日这个点了也就苏总一个人还留守公司，今天有什么特别的工作任务吗？文曦假意离开后，在暗处看到邓星闻在苏总的办公室门口徘徊，敲了敲门，又推了推，四下张望，很是紧张的样子。

文曦干脆现身，吓得邓星闻话都说不利索了，慌慌张张地离开。

苏瑾若有所思。

“反正我装了摄像头，如果邓星闻敢进去，那我就拿着视频告他是商业间谍！”文曦气呼呼地说，“真没想到我们公司竟然有这样的人！都说资本市场滴着血，充斥着肮脏的东西，果不其然，为了一个并购，那些人真是无不用尽手段。”

“你让邓星闻来趟医院！”

“苏总，您不能打草惊蛇！”文曦错愕地说，“您一向冷静，怎么这个时候反而沉不住气？”

“让他来吧，我有话跟他说。”

“没有证据，他不会承认。”

“非要拿到证据，让他走到无法回头的地步吗？”

文曦看着苏瑾，咬了咬唇，不甘地说：“我觉得善良是一种选择，无关他人，但善良的同时要保护好自己，不能让恶人利用了这种善良。”

苏瑾拍了拍她的肩：“我并不是没有原则的善良，我只是觉得既然有更好的解决办法，就没必要走到不堪的那一步。邓星闻才出校园不久，这一步他也在迟疑该怎么走，那么我们何不帮助他一把呢？”

“苏总，您真是佛系老总，要是我，早把他开除了！”

“去吧，找他来谈谈。”

邓星闻接到文曦的电话，就已经知道事情暴露，但转念又想，她们根本就没有证据，他现在还一无所获。

等他到了医院，见到苏瑾，没想到苏瑾交给他一份文件，吓得他赶紧放下。

“苏总——”邓星闻低着头，“这份竞标书我没有权限看。”

“你看一下，然后把一些关键的地方记一下。”苏瑾温言道，“我要你把这些转告给肇总。”

“苏总，您在说什么？我根本不认识什么肇总。”邓星闻不承认。

一旁的文曦厉声道：“如果没有你和肇总来往的证据，我们又怎么会找你谈？”

她认真笃定的样子让苏瑾心里一乐，这丫头这么快就学会让别人“误会”了。

果然，邓星闻看着文曦胸有成竹的样子，心里一慌，想着难道是公司监控了他的电脑？所以已经掌握了他和肇总的邮件往来？他已经很谨慎地清理了，但电脑数据恢复本来也不是件难事。

“要我说就该直接报警。”文曦虚张声势，“但苏总觉得你年轻，前途应该一片大好，现在只是一时糊涂。所以我们给你一次机会——”

“苏总，”邓星闻冷汗涔涔，他自然知道商业间谍是犯罪，即使没有证据不判刑，但他这样有前科的人在整个圈子里名声就坏了，哪个公司还敢录用他？

“你只要给肇总一些错误的参数，这件事我们既往不咎。”文曦继续说，“如果肇总找你要说法，你就说你看到的是第一版方案，再把钱退给他就行了。”

邓星闻沉默着，他还在矛盾要不要承认这件事。

“一招并购的事结束后，你辞职吧。”苏瑾望着他，认真地说，“继续留在这里，你会猜忌我是否还会重用你，而我也真的不会再重用你。邓星闻，每个人都有权利追求物质或者更好的生活，但没有捷径，所有的捷径都只会让你变得空虚和扭曲，只有堂堂正正地做人，才能够在成功来临的时候更加心安和踏实。”

邓星闻羞愧不已，他低着头，喃喃地说：“苏总，对不起！”

“你最对不起的是自己，为什么要违背自己的意愿呢？我不知道肇总给了你多少钱，但再多的价码都不值得你去犯险。”

“我懂了。”

文曦将标书递到他手里：“你也可以什么都不告诉肇总，你不受任何威胁，一切都由你自己决定。”

邓星闻拿着标书走了。

在门口等着的顾铮和他匆匆地对望了一眼，便掠过了他。

他知道苏瑾在工作上的事并不愿意告诉他，但他能猜到，最近这个项目有多重要。

她不说，他也不问，他只希望在她累的时候，能靠在他的肩膀上休息一下。

“出院手续办好了。”顾铮说完，一把抱起苏瑾。

苏瑾情急地推了推他：“我可以自己走！”

“当我不存在？”文曦偏着头，认真地说，“你们的狗粮我也不是第一次吃了，习惯了！”

“别动！”顾铮握住苏瑾的手，不由分说地朝外面走去。

文曦赶紧拿起收拾好的行李追了上去：“顾大哥，你的男友力真是满满的哦！”

“显而易见。”

等把苏瑾送到家，文曦把行李一放就开溜了：“你们……你们随意!”

顾铮把苏瑾直接抱到床上，拿来毛巾给她擦脸：“先睡一觉，等晚饭的时候我喊你。”

苏瑾乖乖地点点头。

顾铮给她盖好被子，在她的额头亲了亲，看她闭上眼睛才转身出门。只是五分钟后，他打开她卧室的房门，就看到苏瑾半倚靠着床头，抱着笔记本电脑在处理工作了。

他无可奈何地叹了口气，知道劝说无用，只能由着她去。

他懂，这就是苏瑾，那个不服输、不认输、倔强又认真的苏瑾。

5

晚上，陈白和莫小晚在戈雅餐厅吃西餐，红酒、玫瑰和小提琴，气氛温馨恬静，一切恰到好处，陈白在桌面上抓住莫小晚的手，深情款款地说："既然顾铮已经回来了，不如我们的婚礼照旧？"

莫小晚反手拍了他的手背一下，没好气地说："你怎么动不动就提结婚的事？顾铮现在停飞，苏瑾又在努力偿还6000万的债务，我们能不能把这件事缓缓？"

"莫小晚！"陈白突然动了怒，面上竭力克制地说，"这是我们两个人之间的事，你扯那么多理由是不想结婚，还是不想跟我结婚？"

"发什么神经呀？"

"那你告诉我，为什么不结婚？"

"我还没有心理准备。"

"这不是迟早的事？"

"既然是迟早，那为什么不早点儿？除非是你还有别的想法！"陈白抓狂地说，"如果你是不想跟我结婚，那明确告诉我，让我这样干等着，这种心情很丧！"

莫小晚看着他委屈的表情，心里愧疚，缓缓道："给我一点儿时间，让我想想。一直以来我都自由散漫惯了，我想要按照自己喜欢的方式去生活，年纪越大，我就越感到舒适的重要。现在的我，可以随时开始一场想走就走的旅行，可以和朋友想待到几点就几点，也可以躺在床上睡一整天觉！"

"难道结婚了就不可以？"

"自然是不同了。"

"你这不是自由，是任性。"

"可我就是任性地想要选择自己喜欢的生活方式。"

"那我呢？你的人生规划里有没有我？"

"我当然是爱你的。"

"所有的爱情，都要落地，都要进入婚姻，才能够长长久久。"

莫小晚意兴阑珊："好了，不讨论这个话题。"

陈白沉着脸："我的年纪也不小了，我想要过老婆孩子热炕头的生活，这有问题吗？"

莫小晚不以为然："这难道不是你的自私吗？把我豢养在家里，你知道这不是我想要的生活。"

“莫——小——晚！”陈白悻悻然，“那你给我个期限，到底什么时候结婚？”

“那个，”莫小晚耸了耸肩膀，轻描淡写地说，“等不了就分手吧。”

“哐当”一声，陈白手里的叉子落在盘子里，他立刻噤声。

灯海一样的城市夜色，偶尔有凛冽的风吹过，灌满衣襟，令陈白惆怅。他想起三年前从波士顿回国，完全是因为莫小晚。

认识她的时候，就知道她是热爱草原的鹿，她不喜欢拘泥，不喜欢束缚，她对于人生这件事从来不会循规蹈矩。他喜欢她的洒脱，也痛恨她的洒脱，这让他们的爱情颠沛流离，让他没有那种踏实安稳的感觉。

说到底，她的自我太庞大了。

他这样平凡普通，甚至是懦弱的男人，根本就驾驭不了。

陈白落寞地到家时，看到门口坐在偌大行李拖箱上的人，好一阵没反应过来。对方穿一件碎花的丝绒裙，戴着一顶贝雷帽，脚上一双尖头平底鞋，栗色的鬈发垂在肩的两旁，此刻睡着的样子像慵懒的小猫。

他心情复杂地上前用脚碰了碰她。

对方迷糊着睁开眼，一见到他，两眼放光，突然跳起来扑到陈白的怀里，他下意识托着她，身体摇晃一下站定，立刻放下她。

“你怎么来了？”陈白皱眉，不耐烦地说。

“先开门让我进去再说。”

陈白抱着手臂，冷冷回答：“不太方便。”

“不方便？难道金屋藏娇了，我可不管——”她抱着陈白的手臂摇晃，可怜兮兮地说，“医生说我只有三个月生命，我只想在死之前来见见你！”

陈白一怔：“真的假的？”

“让我进去再告诉你。”

陈白心中迟疑，却还是拿出钥匙开门进屋：“涂暮瑶，你要是敢骗我，我立刻赶你走！”

“看来你是巴不得我死！”后者低声地说。

陈白让她坐到沙发上，自己坐在沙发的另一端，心情莫名有些慌，抓了靠枕抱在怀里。反观涂暮瑶，已经踢了鞋子舒服地躺在沙发上，整个人极为放松的样子。

陈白心里一阵叫苦，这是谁家？为什么时至今日，她还觉得自己有主场的优势？

陈白微微咳嗽一声，正色道："说吧，你真的生病了？"

"你觉得呢？"

"我怎么知道？"

"那你希望听到什么？"

"别跟我打哑谜。"

"你先向我道歉。"

"我为什么向你道歉？"

"是你提的分手。"

"可你都跟别人……别人那样了！"

"我怎样了？你问我了吗？陈白，你是个浑蛋！"

"好好说话，不要进行人身攻击！"

"道歉！"

见涂暮瑶不讲理的样子，陈白心想好男不跟女斗，认真地说："对不起。"

涂暮瑶怔了怔，突然把头埋进沙发里，许久都不说话。

好一会儿，陈白看到她微颤的肩膀，知道她哭了。

曾经陈白以为，他这一生就是跟涂暮瑶死磕到底了。他们是从幼儿园到高中的同学，不同的是，涂暮瑶人美成绩好，怎么会把普通的陈白放在眼里？他巴巴地追了她很多年，一直到涂暮瑶考了托福出国，他也铆足力气跟着她出了国。

追涂暮瑶的那些年，他把他一生的浪漫都燃尽了，终于得到了芳心。

那时候他就觉得他爱她爱得要死，这一辈子终极目标就是和她在一起。

涂暮瑶答应跟陈白交往的第二天，他去找她吃饭，看到一辆豪车从她家接走了她。其实追她的人很多，陈白知道里面不乏比他帅、比他优秀、比他有钱的人。

他给涂暮瑶打电话，问她在哪里，她说跟闺蜜在逛街。

陈白在她家外面站了一夜，那一夜，涂暮瑶没有回家。

他知道自己是涂暮瑶的备胎，但他不想再做一个傻瓜，这么多年，他觉得他的爱已经不多了，他还要靠着这些爱去过完下辈子，不想要再浪费在涂暮瑶的身上。

他跟涂暮瑶说分手，他看着她的表情从大愕大惊到风平浪静，她说："那就这么决定了。"

他用了很长时间想去忘记涂暮瑶，可他陷入的是那种绝望疯狂的状态，无比沮丧、愤恨，心里翻来覆去地难过，甚至是自暴自弃地过着每一天。

最落魄的时候，他遇到了莫小晚。

他重新鲜活了过来，并且开始拥有了新的爱情。只是有时候他的心里还是会突然想起涂暮瑶，想起他那些犯傻犯浑的日子，越发庆幸。

她是他的初恋，也曾经刻骨铭心，但这一切都过去了。

“别哭了……”陈白拍了拍她的后背，暖声安慰道，“生病了咱们就治！现在的医学那么发达，总归是有办法。”

涂暮瑶哭得更厉害了，她嘤嘤出声，然后抬手紧紧地搂住陈白的脖子。

“别……别这样，松手！”

涂暮瑶却勒得更紧了，陈白只得发狠地攥着她的手臂将她扯离自己。

“涂暮瑶，你听着，我已经有女朋友了，所以你不可以再对我为所欲为。”

涂暮瑶泪流满面，逼问着他：“当初为什么要提分手？为什么又有了别人？为什么不是我？”

“明明是你把我当傻瓜！”

“我什么时候把你当傻瓜？陈白，你真的是个大傻瓜！是蠢货！”

“说了不许人身攻击！”

“骂你两句算是轻的！”说着涂暮瑶的情绪越来越激动，干脆劈头盖脸地朝陈白打过去，她一边打，一边骂。陈白哪敢还手，只是抱头躲闪。

这个时候他的手机响了，上面显示小晚的名字，他面色一顿，赶紧握住电话，朝涂暮瑶做了个噤声的动作。在看到涂暮瑶安静后，这才按了接听。

“陈白，我想了一下，今天晚上我的态度不好。”电话那边的莫小晚柔声地说，“关于结婚的事……”

“我口渴了！”涂暮瑶突然开口，吓得陈白手一哆嗦，手机差点掉了。

“你家里有别人？”莫小晚质问道。

握着手机的陈白满头黑线，赶紧给涂暮瑶作揖求她别再说话了。现在这个状况，恐怕他长了十张嘴都解释不清。

他抓着手机准备进卧室接电话，一边对莫小晚解释：“电视，是电视的声音。”

突然涂暮瑶从背后抱住陈白，清清脆脆的一声：“陈白，我们和好吧！”

这句话显然也让莫小晚听到了，她大喊一声：“陈白，你在搞什么鬼?”

陈白心惊肉跳，赶紧朝门外跑，他知道他此刻必须要见到莫小晚，要向她解释、道歉和求饶，否则莫小晚也许会杀了他。

Zhijian Hualiang Yi Cheng Shang IV (Da Jie Ju)

第3章 一份现世安好的感情

1

苏瑾带着自己的团队等在会议室外面，坐在前排的肇易辉转过身，隔着旁人与她打招呼：“苏总今天气色不怎么好，昨晚紧张到失眠了吧？”

苏瑾不动声色地回答：“我倒是没有失眠，恐怕今天晚上肇总要失眠了。”

肇易辉一怔，突然大笑起来：“有意思，苏总还真是风趣幽默！”

文曦冷着面孔“哼”了一声，咬牙切齿地嘟囔道：“老奸巨猾！”

见苏瑾不搭理自己，肇易辉干脆起身走到她面前，文曦不肯让座，肇易辉不由分说地推开她：“我跟你们苏总有合作要谈。”

文曦被推起来，想要发怒，被苏瑾用眼神制止了。

“你们公司的管理不行。”肇易辉一手搭在苏瑾的椅背上，侧着身子，凑到她面前，轻佻地说，“资本的市场还是男人更占优势，以后跟着我，我来教教你。”

“看来肇总今天是胜券在握。”

“不然呢？”

“肇总未免太心急了。”

“说起来，参加竞标的公司有五家，但真正让我放在眼里的也就是你们公司了！”肇易辉装腔作势地说，“特别是你苏总，虽然年轻，但业绩还是很有说服力！还真是让人头痛。”

苏瑾懒得跟他虚与委蛇，不再回答。

肇易辉还想说什么，会议室大门打开了。

外面等候的人全都站了起来。

“请进。”

苏瑾和文曦交换了一个眼神，后者双手合十，紧张地祈祷了下。

并购的结果由谈永一宣布，他环顾四周，目光望向苏瑾。

这一刻，肇易辉的心咯噔一下，他已经能够预测到结果了。

果然，谈永一说：“经过董事会的投票决定，最终我们一招科技将会与信汇投资公司合作……”

话音刚落，文曦激动地握住拳头，在心里欢呼了一声。再看苏总，她面露微笑，气定神闲，并没有表现出太多的激动之情。

肇易辉铁青着脸，毫无风度地离场而去。

他没有想到自己会输，在这之前他可是一招的准合作对象。他打点了董事会大部分人，并且还有谈永一的鼎力支持，即使后来他保持中立的态度，但媒体和外界早就预言，他们瑞安占有绝对的优势，无论是两家公司的渊源，还有发展的方向，以及他们给出的条件……更何况，在递交的密标书里，他从价格、期限、股权划分上都根据信汇公司的标书进行了优化！

等等。肇易辉突然醍醐灌顶，他拿起手机想要打个电话，却显示对方已关机。

他低声对秘书说：“我们上当了！那个邓星闻根本就是苏瑾使出的反间计！这个女人，我还真是小瞧了她！”

“那天晚上到底发生了什么？”秘书不解地问，“谈总跟苏总吃了一顿饭，对我们的态度就疏远了很多。”

“谈永一那个老狐狸八成是有什么把柄落到了那女人的手里！”肇易辉愤懑地说，“听说那天晚上她吐血住院，第二天还回公司开会！狠！对自己这么狠的人，我还真是佩服她！”

“现在怎么办？”秘书问。

“能怎么办？回去等着挨训吧！之前我信誓旦旦跟董事长保证，一招的事没有问题，现在真是打脸！”肇易辉扯了扯领带，“这件事情没完，我不会让同行看笑话！”

“那——”

“盯着信汇，他们有什么新的动向随时汇报！”

肇易辉不服。这一仗他输在大意上，他小看了苏瑾，轻信了邓星闻，而这个闹得沸沸扬扬的并购案也会让他的能力受到质疑。他决定要跟苏瑾重新开一局，他势必要赢了她，才能挽回今日丢失的面子。

2

文曦太开心了，她在楼下遇到来接苏瑾下班的顾铮，噼里啪啦地把今天竞标会的事说了一遍："你都没有见到肇易辉的脸色，他气得脸都绿了，当场拂袖而去。"

顾铮含笑望着她："我知道她会赢。"

"虽然我也知道，但真的很紧张耶！"文曦深吸一口气，由衷地说，"能和苏总并肩作战，我觉得太幸运了！但我什么时候才能像她一样淡定从容地运筹帷幄？"

擦肩而过的时候，文曦想起什么似的问："顾大哥，和苏总交往你有压力吗？"

"为什么有？"

"她这么聪明，这么优秀，这么完美……"

"我看你是盲目崇拜！"

"不，她整个人都在闪闪发光，我也想要努力成为像她一样闪光的人。"文曦问，"和她在一起，你会不会觉得她走得太快？"

"对一个人的爱足够，为什么害怕她成功？"顾铮笑着反问。

文曦看着顾铮的背影若有所思。她觉得顾大哥是配得上苏总的人，不仅仅是两个人外貌非常登对，还因为他足够的包容和温暖。以前杨总跟苏总在一起的时候，她觉得他们像工作伙伴，他们的目光甚至很少对视，那种爱情的感觉让人觉得牵强。但苏总跟顾大哥在一起的时候，她的眉眼都很舒展，两个人会摸摸头，拉拉手，或者给彼此一个甜笑，这种含蓄的甜蜜，才让她觉得是一份现世安好的爱情。

顾铮走进苏瑾办公室的时候，她正在做大盘分析。

顾铮把她的转椅转向自己，握住把手俯身说："不是已经赢了吗？难道不应该庆祝一下？"

苏瑾捧起他的脸："没办法，我就是个劳碌命。"

"梁宏说好些天没有见到你了，想要和你吃晚饭。"

苏瑾看看腕表："现在？"

"他和梁伯伯在家里等你，派我来接你。"

苏瑾应下，开始关电脑收拾东西。

在李凤华去世后，梁宏这才搬回家跟梁叔叔住一起。梁宏现在已经是高中生，因为生病常常请假，成绩不太好，梁叔叔倒也不着急，总觉得，只要他健康就好。

苏瑾对梁宏的成绩更紧张些，当年的她那么努力学习，为的就是有一天能离开槐树街，自己做主自己的人生。可梁宏不明白她的苦心，反而在成绩上对她遮遮掩掩，有时候说得多了，他干脆好些日子不与她联系。

“一会儿见到弟弟，别再问他学习的事。”在车上的时候，顾铮淡淡地说，“男孩子大了，自尊心挺强。”

“可现在不努力，他以后能做什么？”

“有很多的工作……”

“是有很多的工作，可人生价值呢？梦想呢？生而为人，不是仅仅为了活着，而是要活得有意义！”

“小瑾，不要给他太多压力。”

“他就是压力太小！”苏瑾顿了一下，“没有压力，我也不会像现在这样。”

顾铮知道她的成长是她心里难以释怀的痛楚，握住她的手：“我知道你为他好，但他长大了，已经有自己的想法了。”

苏瑾闷闷地说：“难道我要看着他庸庸碌碌地过一生吗？”

这句话顿时让两人都是一怔，顾铮默默地松开她的手，苏瑾歉疚地说：“对不起，我不是那个意思——”

顾铮宽慰地笑笑：“我知道。”

顾铮停飞已经有两个月了，航空公司希望他回去重新做测评，如果情况良好，希望他能尽快回到岗位。可是顾铮拒绝了。

他还没有办法从那场事故中走出来，有时候看到飞机出现故障或者失事的新闻，他就会喉头发紧，呼吸困难，整个人像是被定住了一样。他想也许他这一生都不会再去驾驶飞机，当他闭上眼睛，就会想起江一辰替他按跳伞装置的那一幕。

他知道再这样下去，他就废掉了，他浑浑噩噩，无所事事，他学会了抽烟，学会了喝醉，让这些东西来麻痹他的神经。

看着苏瑾，他觉得自己真是幼稚和脆弱。她经历了那么多绝望痛苦的时光，但她都走了过来，而他呢，被困在痛苦里，无法自拔。

也许苏瑾是看不起他的，只是她不说——就像现在，他们之间变得小心翼翼，她呵护着他的自尊，而他又被敏锐地刺伤了。

认识苏瑾的时候，他就不是一个有雄心壮志的人，他从来没有想过要做英雄，他甚至没有想好要做什么，成为怎样的一个人。后来的一切，努力，奋进，是因为他想要离苏瑾更近一些。

满目的星河，而唯有她，是他的人间理想。

他曾经热爱的飞行，现在也开始回避，也许他的一生，会像苏瑾说的那样“庸庸碌碌”。

而她越来越明亮和闪光，让那么多人喜欢和崇拜。

这一刻，顾铮在苏瑾的面前，第一次有了实实在在的自卑。

3

"顾铮！顾铮！"

听到苏瑾急切的声音，顾铮慢慢地睁开眼睛，收拢意识，知道自己又做噩梦了。

苏瑾拉开被子，躺进他怀里，这让顾铮紧绷的身体慢慢软下来，下颌贴着她。

她抬起手擦他额角细密的汗珠，他为这顺势而为的温柔，感觉到心安。

刚刚顾铮又梦见了江一辰，这一次他们的直升机遇到了极端天气，暴雨如注中他大喊着："江一辰，快放弃飞机……跳伞……"但那一刻飞机突然爆炸，挫骨扬灰的疼在他身体里蔓延。

顾铮慢慢地闭上眼睛，有泪水在他眼眶里汹涌。

在云来小镇的时候，他曾想就这样归隐田园倒也不错，可他知道，苏瑾有自己的江湖，她在那个江湖里是策马奔腾的女侠——年少的时候，他以为人生是一件自然而然的事，但现在他才明白，人生的大部分努力是在与未来拉锯。

什么时候他才能跟自己的过去握手言和呢？

从云来小镇回来后，他就和苏瑾住到了一起。

原本是想要照顾生病的她，可他发现，他们之间变得谨言慎行起来。

有时候听到她在家里接电话，听到那些专业术语，他会有些蒙。他们之间的差距不是因为是否工作的问题，是目前的状态。

他消极、颓废、无所事事，而她明朗、积极、忙忙碌碌。

他早上准备早餐，而她在听财经新闻，看文件；他晚上给她端牛奶进房间，而她在电脑前分析数据，做笔记；周末他想要跟她聊聊天，但她永远都在处理文件、接电话、安排工作和看报表……有时候深夜他去接她，才知道她临时出差，连行李都来不及收拾，文曦要在机场给她重新准备一份。

她的忙碌，更显得他"闲"；她的积极，更让他觉得自己无用。

那是男朋友和男人的自尊，他想要和苏瑾并驾齐驱，可现实是，除了驾驶飞机，他好像不知道自己想要做什么，能够做什么。

他的迷茫，苏瑾看在眼里，可是她不知道该怎么跟他谈。

她跟他住一起，原本希望能够宽慰他，让他从那次意外中走出来，但她发现，顾铮住在这里，总是长久地坐在沙发上发呆，即使他们在一起，但她觉得，顾铮比任何时候都孤独。

他不会在她面前释放自己的情绪，他面对她时，总是无限的温柔。

这样隐忍的顾铮让她好难过。

因为顾铮，她才变成现在的模样，她不再与过去锱铢必较，甚至连对李凤华的恨，都放下了。可是她能为顾铮做什么呢？他悲伤，她甚至都没有办法安抚……

“小瑾——”顾铮迟疑地说，“不如我搬回家住吧。”

苏瑾把头埋进他怀里，紧紧地抱住他：“你要离开我吗？”

“不是。”

“我相信你现在的状态只是暂时的，很快就会走出低谷。”

“我不想再回航空公司了。”

“你做什么决定我都支持你。”

“我其实也没有什么决定。”顾铮有些不好意思，“也许我这一生就要庸庸碌碌了。”

“我陪着你庸庸碌碌。”

“小瑾，你不同……”

“不管我变成怎样，你变成怎样，但顾铮，别忘记，我想和你在一起。”

顾铮动容地低头吻了吻她的额头。

十年了，她依然是那个让他心里会起海啸的女孩，每每念及，都温柔得想要落泪。

4

顾铮搬回家住，肖琴心里更加慌了："好好的怎么说回来就回来了？你跟小瑾没事吧？你们俩不会……"

"分手"两个字被肖琴生生地咽了回去。她不想说出这两个字，觉得不吉利。

儿子对苏瑾的感情，这么多年她是再清楚不过了，那时候他都答应余蓓蓓的求婚了，原本是她一直盼着的事，可眼看着成真，她又反悔了。作为母亲，她希望儿子一生安稳，那样的安稳却是失去爱情换来，她于心不忍。

现在儿子和苏瑾好不容易在一块儿了，即使苏瑾签了五年不婚协议，她也能够理解。只要儿子开心，这比什么都重要。

好端端地，怎么又有波折呢？这些年她的心起起落落，就没有让她放心的时候。

她知道儿子最近很消沉，他去云来小镇一住就是一个月，虽然他们时常联系，他总是表现得和往日那样开朗，但她知道，他在强颜欢笑。

顾铮从云来小镇回来，说要去苏瑾家住，她觉得两个人迟早会在一起，"同居"也没有什么关系，可是这才几日，儿子竟然又要搬回来，这真不是一个好兆头。

"妈，要是你嫌弃我现在还住家里，我可以另外买房——"

"别！"母亲赶紧打断他，"回家里住自然是好，免得我做了晚饭没人吃。"

顾铮看了看窗口的素馨花，枝繁叶茂，被母亲照顾得很好。

母亲看他发愣，忍不住问："你跟小瑾……你俩到底怎样了？"

顾铮神色黯然："妈，您觉得我们合适吗？"

"怎么不合适？"母亲突然大喝一声，"你们俩共同经历了那么多事，感情基础那么深厚……"

"妈，"顾铮打断母亲，坦言道，"我觉得我配不上小瑾！"

母亲抬手在他头上敲打："怎么配不上？她有6000万的债务我们都没嫌弃——"

"不是这个，"顾铮再一次打断母亲，"是心态，是成熟度，是对人生和生活的理解。我觉得在她面前，我很幼稚！"

"我儿子这么帅！"母亲笑了，"小瑾很有眼光！"

顾铮跟母亲正聊着，听到楼下父亲在喊："儿子，小瑾来了！"

母亲长舒一口气，欢喜地朝外走："还以为你们俩吵架了，看来是我多虑了！"

肖琴一边下楼一边招呼苏瑾："小瑾，阿姨有好些天没见到你了！工作很忙吧！听小晚说你最近在忙一桩并购的事，可别只顾着工作不注意身体……”

顾铮在心里叹了口气，母亲现在是越来越唠叨了。不管什么话题，七绕八绕都能绕到健康上去，她开始热衷养生节目，去跳广场舞，注重饮食结构。

也许父母的老，是从他们怕老开始吧。

他抢先一步，走下楼，握住苏瑾的手：“去我房间吧。”

“小瑾，留下来吃晚饭。”肖琴热情地说。

“好。”苏瑾笑着回答。

肖琴看着他们的背影，自豪地说：“我儿子就是长情，这么多年由始至终只钟情一人，看他们，真是般配。”

“小瑾倒真是优秀。”

肖琴立刻转身瞪着丈夫：“什么话？你儿子不优秀？”

“儿子太顺了，所以江一辰的事让他一蹶不振。”

“不振？”肖琴气得拍了丈夫一巴掌，“你胡说什么呢？我看儿子挺好的，已经从那件事里走出来了！”

顾知远不想跟妻子争论这件事，只是在心里默默地说了句：“我看未必。”

房间里，顾铮让苏瑾坐到桌前，自己拿了椅子坐到她面前，笑着问：“刚回家，你就追来，这么不舍得就应该留我呀！”

苏瑾也笑了：“我找了几份工作资料，你看看。”

顾铮面色一滞，默默地接过来看了看。

这是苏瑾给他做的一份职业规划表，根据他的专业和特长选择了几份工作，她甚至替他做了一份漂亮的简历，有中文和英文两个版本。

“这家骏奋公司我们有业务往来，他们现在需要HRD（人力资源总监），我觉得你善于沟通，也有协作能力，可以去试试。”苏瑾望着他，“这个康棋公司是上市公司，财务报表我看过，很有前景，他们现在希望有MD（市场总监），我觉得可行……”

顾铮的面色冷下来，他把那沓资料从她手里拿开放到桌子上。

“你仔细看看，这几家公司我挑选过，都很不错！”

“苏瑾！”

他突然的严肃令苏瑾错愕地望着他。

“这些公司，我统统不想去。”

“为什么？不是你说想要离开航空公司？”

“不是高大上的职务，你觉得很丢脸吗？”

“顾铮，我从来没有这样想过。”

“可是这些，不管是OD（运营总监）还是MD，又或者是CFO（首席财务官），我统统都没有兴趣。”

“那你想要做什么？”

“我什么都不想做。”

“顾铮，你能不能不要这样幼稚？”

“我一向如此。”

苏瑾深吸一口气，缓了缓语气：“我知道江一辰的事让你很内疚，但你不能因为内疚而放弃自己的生活！我也知道痛苦需要时间去消化，但一个月、两个月……你需要多久才能振作起来呢？”

顾铮腾地起身，红着眼：“这才两个月，你不能多给我一点儿时间？”

“我真羡慕你！”苏瑾苦涩一笑，“因为你可以任性地放弃很多别人求而不得的东西，自己喜欢的工作、热爱的事业，可以不管父母的担心、旁人的感受！”

“我并没有要你为我做这些！”

“顾铮，因为你是我男朋友，我才为你做这些！”苏瑾的语气越发冷，“每个人的生活都有沉重，不仅仅是你！最痛苦的，应该是江一辰的家人，可你看莫荷，她还要打起精神来照顾年迈的父母、两岁的女儿！”

顾铮羞愧不已，抬手抱着苏瑾，由衷地说：“对不起！”

年少的时候，喜欢一个人，希望做一些事，被对方崇拜。

长大以后，喜欢一个人，会希望被对方认可。

顾铮也不过是第一次谈恋爱，他害怕让苏瑾看到他的平凡和不堪一击，而现在，他觉得在她的面前，自己无法遁形。

肖琴端了水果进来，敏感地发现了房间里的低气压，笑着说：“小瑾，要是他欺负你了，你告诉我，阿姨收拾他。”

“没有。”

苏瑾和顾铮不约而同地回答。

肖琴笑了，然后她看到儿子把葡萄的皮剥掉，用牙签将里面的籽挑出来，再喂到苏瑾的嘴里。

苏瑾的脸微微有些红，赶紧说：“我……我自己来。”

肖琴做了个“肉麻”的表情，转身离开。

而母亲的这小小搅局让刚才争吵的不快烟消云散。

他剥葡萄喂她，她望着他笑。

晚霞的光漫入房间，顾铮看着她发光的睫毛，有触动不期而至。

他记得有一次看苏瑾从校园里出来，秋日黄昏中微风轻拂，她身边一辆驶离的公交车卷起路边的落叶，在纷飞的叶片中，他产生了一种童话般美好的感觉。

能在那样的年纪，遇到苏瑾，是他觉得最幸运的一件事。

有一次顾铮问苏瑾，如果她不是走进他们家的旧书店，他们会不会就没有那么多交集？而她遇见的也是另外的人，或者会和林浩卿在一起。

苏瑾说，没有别人，我遇到了你，就是你了。

顾铮不明白最近的自己为什么会怀旧，可他总是突然陷入怀旧的伤感里。

也许是那种一夕忽老的感觉吧。

5

莫小晚打开画室的门，有个人一头栽了进来，然后可怜兮兮地抬起头：“小晚，你相信我，我跟涂暮瑶真的什么事都没有。”

“没有关系？人家前女友都来找你复合……”

“准确地说我们就交往了三天。”

“那你应该是史上最悲催的前任了。”

“都过去了，现在我生是你的人，死是你的鬼……”

“别贫！”

“掏心窝的话！”

“你那前女友还住你家呢？”莫小晚瞪他一眼，让他进了画室。

“她说她得了绝症。”

“就你信。”

“可我也不能不管她呀！”陈白可怜兮兮地说，“她就三个月生命了，来跟前男友们忏悔、道别，我总得给她个机会，不让她留有遗憾。”

莫小晚气得又把他往外面赶：“应该给你颁发一个最佳前男友的荣誉称号吗？你让她住你家就住吧，如果你们死灰复燃，旧情复发，我会祝福你！”

“她住我家，我住办公室呢！”陈白用脚抵着门，探出头费力地说，“真的，她只有三个月生命了，我只是不想再刺激她！”

莫小晚停顿了一下，她觉得她有必要去宣誓下主权，便对陈白说：“去你家。”

那天晚上，涂暮瑶刚出现就被莫小晚发现了，陈白立刻奔到莫小晚家向她解释，他家怎么会有女人的声音。

莫小晚并没有把涂暮瑶当成假想敌，她对陈白有信心，认识这么多年，他是怎样的性子，她了解。她相信他的为人，不会乱来，但她生气他滥用好心，优柔寡断。

那个涂暮瑶说只有三个月的生命，也就只有他这样的傻瓜才会相信。

他应该态度坚决地将她扫地出门，毕竟当初是她辜负了他。

原谅一个人，也是应该有底线的。

莫小晚打量着面前的涂暮瑶，她穿粉色T恤，米色高腰长裙，面容清丽，轮廓分明，倒是比莫小晚有女人味。

莫小晚想起有一次陈白摸着她的头发说，不如留起来吧，长发应该也适合你。莫小晚长年都是一头直发到肩，而涂暮瑶的棕色鬈发确实显得更妩媚生动。

而此时，涂暮瑶也在打量莫小晚，看她穿着衬衣阔腿裤，也觉得英气逼人。

“没想到你喜欢这种小葱拌豆腐的女生了！”涂暮瑶掩面而笑。

莫小晚看着她精致的妆容，不甘示弱地说：“是呀，陈白就是喜欢我这样的女生。”

陈白冷汗直冒，只觉得刀光剑影，一个不小心可能会误伤了他。

莫小晚吩咐陈白：“去煮咖啡吧。”

涂暮瑶立刻说：“我也要，你知道的，一勺糖，奶少许。”

等陈白灰头土脸地去了厨房，两个女人坐在沙发的两边，摆开了谈判的架势。

“你真的得绝症了？”

涂暮瑶笑了：“你觉得呢？”

“那你干吗骗陈白？他相信了。”

涂暮瑶一怔，神色变得温柔，低声说：“他一直都这样，不管我说什么，都会信。”

“骗他很好玩？”

涂暮瑶突然没头没脑地说：“知道有句歌词吗？”

莫小晚等她自己说出来。

“你做梦梦见的人，就应该去找他。”

莫小晚看着她：“可这个人对你已经放手了，你念念不忘的，只因为当年是他提的分手。”

“不，我念念不忘的是阅尽千帆，那人却不在灯火阑珊处。”

“你觉得你们能重新开始吗？”

“你可以主动退出，否则我们公平竞争。”

“笑话，我们俩的位置本来就不公平，我是现任，你是前任！”莫小晚冷哼一声，“他已经向我求婚，我们会结婚。”

“这不是没有结吗？简单点儿，爱情这种事凭的是死缠烂打，而我现在有的是时间……”

“陈白！”莫小晚怒吼一声，“咖啡呢！”

陈白的手哆嗦得杯子都差点儿拿不稳，连声回答：“来了来了！”

莫小晚在见过涂暮瑶以后，决定离开一阵子。

她觉得在结婚之前涂暮瑶的出现也许是一件好事，她得看看陈白是否有定力、有决心，她也得想想她是否有勇气进入婚姻的琐碎。也许出去一趟，她想明白了，而他也有了自己的决定，即使他选择的是涂暮瑶，那也只能证明他爱她不够。

一个不够爱她的男人，走了也就走了，她没有什么好可惜的。

第4章
爱是一件寻常又不寻常的事

1

苏瑾一边签署文件，一边听文曦汇报工作行程。

等她说完，苏瑾把笔搁下，迟疑地问："四点以后呢？"

文曦莞尔，在她的文件上放下两张电影票："四点以后回家，换一身衣服，然后约着顾大哥去绿格餐厅吃饭，这是汽车电影院的两张票，今天你的工作就是去约会。"

苏瑾的笑意更深了："你逾矩了。"

正在这时，从门口推进来一个蛋糕台，众人簇拥着蛋糕唱着生日歌走向苏瑾。

"生日快乐！"文曦由衷地说。

苏瑾这才想起来自己今天生日，难怪昨日顾铮问她今天的安排。她有些讶异，回道，跟往日一样呀。

公司同事替她简单庆祝以后，她想了想，给顾铮打了个电话："晚上想吃什么？"

电话那边的顾铮笑了："回家吃。"

"今天会有点儿早，你来得及准备吗？"

顾铮惊喜雀跃："早？有多早——"

"一会儿就回来了。"

"那，先挂了，不说了。"顾铮匆匆忙忙地挂掉电话，欢喜不言而喻。

一旁的梁宏看到顾铮的样子，撇撇嘴："我姐到底有什么好？一个工作狂，不温柔，不可爱，不浪漫，也不够有女人味……"

顾铮正在插花，思忖一下后回道："说的也是。"

"姐夫，那你喜欢她什么？"

梁宏很早就喊顾铮姐夫了，这个称呼让他很是受用，有时候还用物质诱惑，希望梁宏多喊几声。梁宏对着这个"大龄男孩"，很是无语，送他无数个白眼。

此时，顾铮把一枝紫色桔梗拿在手里，撸掉叶子，给枝干剪了个斜口子，再放进花瓶，淡淡地说："喜欢她的敏感、要强、冷傲、孤独，喜欢她一刻不松懈的努力、自律、上进，也喜欢她偶尔的脆弱和无助！也许我也说不清喜欢她什么，总之什么都喜欢。"

梁宏侧着头，若有所思："我们班曾浅浅，我也挺喜欢的。"

顾铮望着他笑了。

梁宏的十六岁，正是他遇到苏瑾的年纪，那时候的喜欢鲁莽狂妄。当着众人的面送她创可贴；去她家的米粉店帮忙；将她做的手工包全都买回来；送她回家，一直跟着她……他的每一眼里都含着岩浆般滚烫的情感，藏着他对爱情的渴望和对心爱女孩的依恋。

时过境迁，物是人非，但他们依然守护着彼此，余生，也会继续。

“赶紧干活，你姐一会儿就回来。”

梁宏用气筒在打气球：“真是难得，竟然不加班了。”

“房间的装饰就交给你了，我先去厨房准备晚餐。”

“得嘞！”梁宏冲着顾铮喊，“一会儿吃了蛋糕我就闪人，你们随意！”

“当然！”顾铮欢喜着说，“你这个灯泡度数太大了！”

顾铮一大早就去超市买了食材，准备晚上给苏瑾一个惊喜。而他准备的生日礼物，是一个十年的纪念册，他找了很多同学，还有苏瑾的同事，甚至联系了林浩卿，这才找到了十年里苏瑾很多他都未曾看到过的照片。这是苏瑾的成长，他们相识相爱的那些美好而单纯的岁月。

顾铮准备做的是家常菜，之前去过一家私房菜馆，觉得味道不错，就找厨师学了来。

梁宏在客厅里大声问他：“姐夫，以后你就做家庭主夫了吗？”

顾铮垂了垂眼。

“其实放弃开飞机的工作真的很可惜呀！”梁宏脆生生地说，“我以后也想考航空学校，但我想开战斗机，是不是酷毙了？等以后我穿着空军服往曾浅浅面前一站，她一定被我帅晕了。”

大概是憧憬的画面太过美好，梁宏哈哈大笑起来。

顾铮认真地将土豆去皮。

对于苏瑾介绍的工作，他考虑了一番，觉得都不是自己擅长的领域。他决定克服心理障碍，回航空公司上班，可是测评的结果心理方面还是不过关，心理医生建议他再缓缓上飞机。领导让他先转岗，等到后面评估没有问题再上飞机。

他开始振作，恢复日常的训练，但这些努力他没有告诉任何人，他怕自己达不到他们的预期，会失望。

也许是他已经不够自信。

梁宏还在外面嚷嚷：“姐夫，我姐那么孤僻，你是怎么搞定她的呀？”

没有等到回答，他走到厨房一看，顾铮正在愣神之中。

“姐夫？”

“嗯？”

“你是怎么追到我姐的？”

“像我这么帅，用追吗？她对我已经一见倾心。”顾铮瞪了他一眼，“别再想着追女生的事了，好好学习，天天向上，考上大学才是正道！”

“你被我姐附身了！”梁宏停顿了一下，有些忧郁，“其实我也知道，我想开战斗机那是不可能的事，我这身体能够支撑我像个正常人就不错了！”

“一辈子还很长，你怎么知道你不可能？”

“一辈子是很长，但也许我再也遇不到曾浅浅。”

顾铮的心突然被这句话打动，他望着梁宏，认真地说：“有些人该遇见，总会遇见。”

“有人说爱情就像龙卷风，但是像我，从来没有见过龙卷风……”

“你才十六岁呢！”

“可是姐夫，我总觉得我会英年早逝！”

“小孩子别乱讲话！”

“从小我就吃药打针住院，我真的挺内疚的，为什么自己这么不争气，要给爸妈和姐姐添麻烦？特别是妈妈，她走的时候最放心不下我……”

说着，梁宏的嗓音变得微颤，眼眶也红了。

顾铮放下手里的土豆，走过去拍了拍他的肩：“即使你是个负担，但对于家人来说，也是个甜蜜的负担！”

梁宏被气笑了：“有你这样说话的吗？”

后来，当顾铮想起和梁宏的这次谈话，总是后悔不已。他想，他应该鼓励梁宏去追一追曾浅浅，也许在他短暂的一生里，他会看到龙卷风，会遇到爱情。

可是那天的他，却说着大人该说的话，要健康，要好好学习，要考上大学……

苏瑾到家的时间是凌晨一点。

其实四点前她准备下班回家，突然传来消息，美国股市大跌，他们KPCB的股票下跌了5.2%，公司高层紧急召开视频会议，采取措施，以避免损失加重。

气氛骤然变得紧张，KPCB高层要求先收拢资金，明天股市开盘后大量买进股票，以增加投资者的信心，避免出现继续下跌的状况。

不仅仅是KPCB，由于美国利率不确定，以及原油价格下跌的因素，整个纳斯达克指数都在动荡，特别是金融股，都下跌得厉害，可以说是很惨烈的一天。

苏瑾连给顾铮打电话的时间都没有，在视频会议结束后，她根据总公司的要求给员工召开会议，将工作重新调整安排。

等她忙完事宜，这才感觉整个人紧绷，肩膀酸疼，头昏脑涨。

拿起手机想给顾铮打个电话，想了想又算了。这个点，他应该已经回家了。

当她走到楼下，看到从她家窗户透出来的亮光，这温柔的感觉，将她的心浸润得很柔软。

房间被装点过了，气球，鲜花，还有闪烁的小小霓虹灯。茶几上摆着蛋糕和包装好的礼物，餐桌上是准备的美食，而顾铮在沙发上睡着了。

这么多年，好像一直都是顾铮在等她。上学的路上，放学的路上，去北京，去美国……还有如今回国，他就一直站在那里，让时光没有一丝浮尘，宛若初见的美好。

她感恩这样的等待，感恩他最深切的陪伴，内心激荡，俯下身，抬起手轻抚他的眼睛、鼻梁，还有温润的唇。

他闭着眼，抓住她的手，轻轻一拉，将她拉入自己的怀里。

他紧紧揽住她，头枕着她的颈项，柔声说：“生日快乐。”

“对不起——”

顾铮亲了亲她耳畔的发：“回来就好。”

“总部召开视频会议，美国股市今天大跌。”她歉疚地说，“没有时间给你打电话，能打的时候怕你已经睡着了。”

“等着你，怎么睡得着。”

苏瑾动容，别转面孔，主动地亲了过去。

他们沉醉于这样的深情温柔。

2

因为美国股市的动荡，整个公司严阵以待，忙了足足半个月。

苏瑾每天只睡三个小时，靠着一杯杯咖啡续命，而除了让他们揪心的纳斯达克指数，还有一招的并购也要立刻着手。文曦累得憔悴不堪，黑眼圈明显，见着苏瑾元气满满的样子，很是不解："苏总，我有时候真怀疑你是机器人，根本用不着吃饭睡觉。"

"这个周末好好休息吧。"苏瑾看了看空杯，起身自己续了一杯咖啡。文曦也不跟她客气，反正很多事苏总都亲力亲为，她也习惯了。

"我是得回家洗个头了！"文曦打了个哈欠，"这么忙我都没时间恋爱，以后成为大龄剩女，公司又不负责我的后半生，不值得。"

苏瑾笑了："那请你赶紧恋爱，别赖上公司了！"

"可我标准太高了，像顾大哥那样又帅又专一的男人，这世上没有为我准备。"

苏瑾想了一下："那个汽车电影的票在哪里买？"

文曦坏笑起来："看我这么表扬顾大哥，吃醋了吧？"

"文曦，能不能好好回答？"

"算你良心发现，想着要对顾大哥好点儿！"文曦哧哧地笑，"交给我吧，周六就安排。"

苏瑾知道顾铮近日情绪低落，她也想要多陪陪他。工作的事她没有再问过顾铮，她知道是自己太心急了，其实他的自尊心很强，他也不愿意接受她安排的工作。

周六，原本苏瑾想要的二人约会还是被一个不速之客给打断了。

苏瑾接到了冯岚的电话，说来这里出差，问她有没有时间见一面。

苏瑾只得给顾铮打电话，将冯岚住的酒店地址告诉他，他们约了在那家酒店碰面。

苏瑾到达瑞华酒店，刚下车就撞见了肇易辉。

他们公司有瑞华酒店的股份，常年在这里包有房间，有客户来都下榻在这里。今天他来这里接客户，在大厅跟人聊天时，一抬眼看到面容干净、长裙飘飘的苏瑾。

他怔了一下。

他见过苏瑾两面，一次是吃饭，一次是竞标会。两次她都穿正装，一副精英的模样。他的周围全是这样的女同事，并不觉得特别，可看着家常打扮的苏瑾，竟然有一种清新脱俗的感觉。

“秋水为神玉为骨，芙蓉如面柳如眉!”旁边客户顺着他的目光看到苏瑾，笑了，“肇总，好眼光。”

“那个女人，可不是一般人。”肇易辉轻佻地笑了。

“还不是个女人？”客户恭维地说，“凭着肇总的优秀成功，分分钟拿下。”

“她是信汇投资的苏总。”肇易辉深深看了苏瑾一眼，对客户说，“厉害吧？”

信汇投资跟瑞安公司在一招并购案上的火拼在他们的圈子里广为流传，他们都对信汇公司充满了佩服，能够绝处逢生，杀出一条血路，反败为胜，可以说是奇迹。那肇易辉是谁呀？他可是金融界的天才，一路跳级，十六岁就上大学，二十岁名校留学归来，很快在金融界崭露头角，现在也不过三十岁，因为有很多成功的投资案例，让他在瑞安地位稳定。据说当初瑞安集团内部人事变动，他用了非常手段逼得当时的老总请辞，自己取而代之，可以说手段相当了得。

肇易辉朝苏瑾打招呼：“苏总，来这里约会？”

肇易辉的语气格外不怀好意，苏瑾只是颔首示意，转身就要走。

肇易辉上前伸手拦住她：“如果等的人没来，不如跟我们聊聊。”

“肇总，我约了人，请您让开。”

肇易辉直直地看她，那目光就像X光射线，要把苏瑾照透了。苏瑾只觉得厌恶反感，但她朝左走，肇易辉朝左，她向右，他又朝右边……几次三番，苏瑾隐忍怒意：“没想到瑞安的老总，竟然会做这么无聊的事。”

“我岂止无聊，我还会做无耻之事！”他仗着她是女人，言语放肆，“苏总，我们的事还没完！”

苏瑾想要推开他，却被他大力箍住，苏瑾刚想要反击，突然间肇易辉朝后倒退两步，一屁股跌坐在地上，自己也对面前的情景有些蒙。

周围的人哗啦地朝这边看过来，有些许笑声传到他耳朵里，肇易挥气急败坏地站起来，冲着顾铮嚷嚷：“你谁呀？”

顾铮揽过苏瑾，淡淡地说：“你觉得呢？”

“你敢踹我？你知道我是谁？”

“我管你是谁，要是你再敢动她一下，我打得你满地找牙！”

“误会！”肇易辉的客户赶紧上来打圆场，“刚才肇总跟苏总闹着玩呢！”

“请你道歉！”顾铮对肇易辉说。

肇易辉气得骂了句脏话，抬手就想要冲过去，被客户给拦住，他压低声音对肇易辉说：“这是你们公司的酒店，有人拍照呢！”

肇易辉环顾四周，果然有人拿着手机对着他们，他心里愈发恼火，刚才狼狈的一摔被传出去，真是颜面扫地。

而此刻的顾铮并不打算放过肇易辉，他刚到门口就看到苏瑾被纠缠，干脆一脚踹过去。

“道歉！”顾铮死死盯着他。

肇易辉有些心虚，他哪里是顾铮的对手？顾铮高出他一个头，健硕挺拔的身材更是一种威慑，再加上这里还有客户和下属，打起来，他不仅吃亏还丢脸。

肇易辉虚张声势地嚷嚷：“苏瑾，你们信汇给我等着！我是不会善罢甘休的！”

说着他扬长而去，顾铮想要上前拦住他，被苏瑾拉住了。

“不跟小人纠缠！”苏瑾轻声地说。

顾铮握住她的手：“你怎样？”

苏瑾摇摇头，将之前为争夺一招的事简单说了一遍。

“没想到公司与公司之间的争斗，他会怀恨在心。”苏瑾沉吟道，“得罪了他，我们信汇更要小心了。”

顾铮摊开手，将握住的手变成十指相扣：“小瑾，有我在。”

3

正在两人说话之际，冯岚踩着十厘米的高跟鞋朝他们走过来。

她睨着眼不屑地说："我都已经离婚了，你们怎么还没有分手？"

"什么？"另外两人错愕地张大嘴巴，不约而同地低呼出声。

"有必要这么大反应吗？"冯岚对自己的话达到的效果很满意，得意地笑了。

在餐厅入座后，冯岚才将这几年发生的事向他们做了交代。

当初她原本是威胁林浩卿和她谈恋爱，不过后来他被她感动，就真的在一起了。他们两个人有过一段美好的时光，也是因为恋爱的甜蜜，两个人在法国旅行的时候，去了教堂找神父为他们主持了婚礼仪式。其实整个婚礼就只有他们两个人，像一场闹剧，又像是一场梦。

后来他们矛盾变多，等他们旅行结束，选择了分手。

有好一会儿，苏瑾都不知道该说什么，她望着冯岚，却并不担心她的状态。她有她的骄傲，有她的执着，她应该已经放下过往，而且现在的她如此明媚动人，应该有了全新的生活。

"林浩卿怎么样？"苏瑾轻声问。

顾铮不由得看了她一眼，这让冯岚捕捉到，心里不由得暗笑，这顾铮还真是超级醋王呢！现在还会吃林浩卿的醋。

"我想他心里还在想着苏瑾，也许哪天就会杀回来，重新追求。"

"他敢！"顾铮赶紧揽过苏瑾，宣布主权，"我们都要结婚了。"

冯岚饶有兴致："结婚了还可以离婚，看我不就离了？"

"你是你，我跟小瑾不会。"顾铮情急地说，"告诉林浩卿，让他死了这条心。"

苏瑾和冯岚交换一个眼神，不由得笑了。顾铮虽然已经成熟很多，但在苏瑾的事上，还是会变得孩子气，也会变得盲目和冲动。

"讲真，林浩卿回北京后我就没见过他，也许他真的在独自疗伤。"

苏瑾望着冯岚，对往事有些唏嘘感慨。那一年她和冯岚的关系明明很淡，但现在见着她，却备感亲切和温暖。

也许这就是时光的力量，可以把内心的那些伤痛、愤怒、怨怼和不甘洗刷掉。而让她有了这样力量的人，就是顾铮呀！她成为现在的模样，不是因为自己足够强大，而是因为，她感受到了那种坚韧的爱，不离不弃。

"我刚百度了你的资料。"冯岚说，"苏瑾，你在这个行业做得不错，可以说是佼佼者！”

苏瑾谦逊地笑了：“其实很艰难。”

顾铮抬手摸了摸她的脸，宠溺地说：“不怕。”

冯岚不满地大叫：“虐狗呢！”

苏瑾娇羞地笑了。

跟冯岚道别后，苏瑾给文曦发了条微信，问她汽车电影最晚到几点。

文曦回了一句：“通宵。”

苏瑾把地址发给顾铮，让他开车到那里。

等到的时候，露天的电影院里已经停了好些车，电影是一部极老的片子——《春光乍泄》，梁朝伟说：“当我站在瀑布前，觉得非常难过，我总觉得，应该是两个人站在这里。”

这句台词令顾铮将苏瑾揽得更紧了。

我们去过很多地方，见过无数的风景，但一人看，总是会觉得孤单，两个人才会是圆满。

电影片尾响起的时候，苏瑾被感动到落泪，她伏在顾铮的胸膛，让自己的情绪慢慢地平复。

许久，他们都没有说话。

顾铮望着窗外的月亮，那些光要穿透多少黑暗，才能抵达此处？人生是一场漫长的摧枯拉朽的改变，而他们，终究会变成怎样的模样？

许久以后，顾铮轻声说：“你一向不喜欢看电影。”

苏瑾抬起头，四目相对，苏瑾看着那清澈的目光，动容地说：“很多事，我只是想和你一起做。”

“现在越来越乖了。”顾铮捏捏她的脸，轻声地说，“没有告诉你，其实我已经回航空公司上班了。”

苏瑾惊喜地望着他。

“不想再让你们担心了。”顾铮深吸一口气，“只是现在还不能上飞机，调岗到后勤，我想，我会重新回到蓝天上的。”

“我相信你。”

4

范加林和凌子浩来找顾铮和苏瑾吃饭，只是这个饭局约了很久，苏瑾才得空跟他们聚。

他们四个人已经好些日子没见了，范加林胖了一些，没有了学生时代的腼腆，几年生意场上的摸爬滚打让他变得世故圆滑了许多。凌子浩在医院上班，因为见过太多生死，整个人倒是淡然了许多。今天范加林攒的局，他们也把各自的女朋友带了过来。

一见到顾铮和苏瑾，另外两人都啧啧不已："你们真是一脸配！"

"咱们班同学里至少成了你们这一对。"

苏瑾和顾铮暖暖地相视一笑，那种甜蜜的满足感几乎要溢出来。

顾铮用热水替苏瑾洗了遍碗筷，再拿服务员递过来的毛巾细细地替她擦手。

"我自己来！"苏瑾不好意思地红了脸。

不管她怎么独立强势，但在顾铮面前，她依然会不经意地流露出小女生的娇羞。

"学着点儿!"范加林的女朋友掐了他一把，"人家怎么对女朋友的？"

范加林笑着说："当年我们帮铮子追苏瑾，没少在她家的米粉店吃粉，真是吃得我这辈子都不想再碰米粉了！"

"对对对！"凌子浩说，"莫小晚还捉弄我们，给我们加各种调料，害得我胃疼。"

"你不是乐在其中？"范加林看了凌子浩的女朋友一眼，"谁叫你暗恋莫小晚？"

凌子浩的女朋友瞪了他一眼："我怎么没听过？"

"往事不堪回首！"

……

聊着往昔的校园生活，气氛变得热络愉悦，那时候的他们，青涩，鲁莽，却比任何时候都有勇气和热情。

年少的喜欢，是在喧嚣的教室偷偷望一眼；是在人来人往的操场四下里寻找；是在下雨的时候往对方手里塞一把伞，怕被拒绝，跑得比兔子还快；也是在四目相对的时候，内心会像化学反应那样怦怦狂跳……

苏瑾看了看腕表，时间已经差不多了，她还有几份文件要处理，这个时候范加林将他准备的文件递给苏瑾："苏总，你们公司不是扶持中小企业吗？也扶持扶持我这个小公司——"

凌子浩在旁边补充道："在医院累人又受罪，工资还很低，我打算跟着加林搞点儿副业，小瑾，你得支持我们！"

苏瑾打开文件认真看起来。

"这个烂尾楼项目原本属于建中集团，已经搁置两年了，他们缺钱就一直停工，现在他们想把剩下的部分分包出来。到时候搞好了，参与分包的公司按照比例分房分铺面，总共投入三亿。我好不容易才掺和进去，可以拿到一部分分包的项目。"范加林得意地说，"我觉得很有前景，你看九号延长线已经规划到这里，还有华一学校的分校，你想，这可是省重点学校呀！在这里落户，绝对会拉高这里的房价——"

"你怎么不找银行贷款？"苏瑾轻描淡写地问。

范加林一怔，讪讪地说："缺少资质呀，没有可抵押的东西银行不会放款。"

"你们公司不是有风险投资吗？找你更简单些！"凌子浩笑着说。

"一千万是个大数目。"苏瑾继续翻看着项目书。

"少点儿也行。"凌子浩说，"你看你的权限能够批多少下来？"

"对对对！"范加林赶紧附和，"等拿到房子，我们分！送你和顾铮一套房子，当是我们给你们结婚的贺礼。"

苏瑾放下计划书，面色变得严肃。

顾铮心里有些不安，赶紧打岔："这件事小瑾还要回去跟她的团队进行评估，很多事不是她一个人说了算。"

"我可以给你们答复，"苏瑾认真地说，"这个投资我们是不会立项的！"

"苏瑾！"顾铮有些急地给她使眼色。

范加林闷闷地说："铮子，听她说。"

"你的这个策划书，前景的分析都太空泛，根本就没有落脚点，一切都是揣测，"苏瑾的目光从范加林望向凌子浩，"烂尾楼的分包只是他们的营销策略，如果有利可图，他们怎么可能拱手送人？还有你们的项目，你们企业的财务状况，预期金额的利润和亏损，以及现金流量的预测……"

"小瑾——"顾铮忍不住打断她，"这些都可以补充和商榷，不能这么快下结论。"

气氛变得尴尬起来，范加林和凌子浩的脸色越发难看，好一会儿，凌子浩试探道："那我们改改行不？"

"所有的投资都要给投资者一个退出机制，你们给的方案是卖房，房子什么时候造好？房价会达到预期吗？资金又什么时候回笼？"

“不超过两年——”范加林说。

“风险太大，利润无法保证，这样的项目我们公司没法做。”苏瑾简单直白地说，“我劝你们也不要做这个项目，不可控因素太多了！”

“苏瑾，实话跟你说，就是因为我认识建中集团的高层，他们才透露这个消息给我。”范加林不悦地说，“我是想着都是老同学，这么多年的朋友，能够互惠互利，你却认为我们来找你是圈钱。”

“我没有这样想。”苏瑾直视他，“我只是从公司立场出发……”

“公司的立场？”凌子浩打断她，玩味地重复这句话，“小瑾，你真是一点儿人情味也没有！”

“凌子浩！”顾铮加重语气，“小瑾说不行，有她的道理！”

“有道理！”凌子浩火暴地说，“她现在是老总，什么不是她说了算？她就是不想帮我们！这么多年的朋友，现在我们好不容易有这样一个机会改变命运，她却趾高气扬，一句话就把我们否定了！”

“别说了！”范加林苦笑，“我们再找别的公司！”

“我只是寒心！”凌子浩拿起酒瓶给自己的杯子里装满酒，一口饮尽，“当初她在槐树街有多卑微，现在就有多趾高气扬！”

“凌子浩，你浑蛋！”顾铮气恼地揪住凌子浩的衣领，举起了拳头。

“铮子！”

“顾铮！”

范加林和苏瑾同时喊了出来。

顾铮的手停在空中，看着凌子浩无所畏惧的目光，颓然地将手落下。

“这么多年的兄弟，你今天为了她跟我们翻脸！”凌子浩握着冰冷的杯子，朝地上重重一摔，冷笑一声，“真是枉为兄弟一场！”

范加林拉起凌子浩：“走吧，别再说了！”

顾铮想要辩解，但看着他们的背影，只是将拳头狠狠地砸向桌面。

送苏瑾回去的路上，两个人一路沉默，一直到她家楼下，苏瑾轻声地说：“对不起，我没想到会这样。”

顾铮的情绪被点着了，他责备道：“他们不是你公司的客户，可以直截了当地拒绝，他们是我们的朋友呀！你就不能换一种方式，看看能不能帮他们想办法？或者即使不行，你能不能说得更委婉一些？”

“我……”

“你是公私分明，但偶尔……偶尔能不能有一次，讲点儿人情？”

苏瑾看着愤懑的顾铮，想要抬手安抚他一下，却被他躲开了。

“我是为他们好，这个，真的不行。”

“好，我承认你说的那些都对，但我只是希望，你换一种大家能接受的方式！”

“等过几天，等换一种说法，那也是一样的结果。又何必给他们希望，让他们这几日忐忑不安呢？”

顾铮气馁地看着她，觉得自己根本就没有办法说服苏瑾。

这么多年，他一直觉得她做的都对，可现在他发现，她变得越来越刚硬了，她那种说一不二的态度已经从工作蔓延到了生活里。

苏瑾缓缓语气：“别为吵架浪费时间了，我还有很多工作……”

“对，你的工作！”顾铮自嘲地笑笑，“你可以不用在意凌子浩和范加林，根本不用跟他们来往，你只要有工作就行！但我不行，我在工作之余还需要亲人和朋友！”

苏瑾无奈地看着他，咬了咬唇：“你今天不冷静，我们明天再谈这件事。”

“你怎么可以这么冷静？”顾铮的眼里蓄起泪，“刚才是凌子浩，是范加林！他们是我的兄弟，但我们竟然会大打出手！”

苏瑾知道多说无益，叹了口气，转身离开。

而顾铮看着她的背影，气恼地朝车胎踢过去。

5

心情不佳的顾铮给陈白打电话，问他在哪里。

“在家呢。”

“那我来找你。”顾铮郁闷地说。

“别——”陈白压低嗓音，小声地说，“不怎么方便。”

“你在干吗？”

“说来话长！”陈白长叹一声。

而此刻顾铮听到一个女声，在喊陈白吃饭，他心里一怔。难道莫小晚不在的这些日子，陈白做了对不起她的事？

还没等顾铮质问，陈白已经抢先一步挂了电话。

顾铮对着手机愣了好一会儿，这才慢慢地开车回了航空公司的宿舍。

一室两厅的房子之前由他和江一辰住，有时候夜航回来他就直接住在机场，但江一辰很少住这里，无论多晚他尽量都会赶回家去，他惦记着妞妞。而自从江一辰出事后，他已经很久没有来这里住了。

今天他不想回家，干脆回宿舍，想让自己冷静一下。

他知道自己今天对苏瑾的态度很不好，可他没法不生气，她就不能为他考虑下吗？这是他的兄弟，她考虑下他的立场也应该说得委婉点儿。

打开宿舍的门，他看到鞋柜上江一辰的鞋子已经不见了，不仅如此，他其他的东西都被收走了。顾铮看着整洁的家，能想到这是莫荷过来收拾的，她一定是怕他睹物思人，才会将房间清理了一遍。

顾铮坐到沙发上，怔怔的，悲由心底汩汩而出，他想起江一辰了，那些点点滴滴，鲜活的，明亮的……而他永远不会归来。

他懊恼、悔恨，他每次想到妞妞，都会心如刀绞，以后她会长大，会知道父亲的缺席，她这样的遗憾，该如何去弥补呢？

有一天，顾铮买了些玩具带去莫荷家，但邻居说她们已经回老家了，房子也挂出来出售，也许等签卖房合同的时候才会回来。

顾铮没有莫荷老家的地址，给她打电话，却已是无法接通，想必已经换了号码。

她知道他的愧疚，所以才这样决绝地断了联系，希望他能够彻底地放下过去。

莫荷的善良让他更加心痛，更让他日日都活在愧疚之中。

外面下雨了，他听见暴雨如注的轰鸣声，听到响彻天际的雷鸣声，感觉冷风嗖嗖地灌进来，可他不想动。

冷，就像坠入冰窖中，他整个人被冻住了，只能瑟瑟发抖。

他仿若回到十六岁，他一头汗地闯进来，正对上苏瑾明亮如星辰的眼睛。那一刻，他们的命运就交织在一起，这么多年过去，她依然是他心尖上的女孩，每每想起，都让他热血沸腾。

爱一个人，是一件寻常，又那么不寻常的事。

半夜，顾铮昏昏沉沉地醒来，感觉到头痛欲裂，知道自己病了。他挣扎着想起来拿药，却咕咚一声，仰面摔在了地上。

他没有力气再起来，干脆直接躺在了地上。

“小瑾，小瑾。”他喃喃地喊着，却知道此刻的她并不在身边。

等顾铮再醒来的时候，发现自己已经躺在床上，他心里一热，听到外面的动静，赶紧掀开被子，因为起得太猛，他一阵眩晕，又跌坐了下去。

等眩晕的感觉过去，他走出卧室，看到沙发上坐着一个男人。

他错愕地望着这个陌生的男人，一时竟然忘记了质问。

“铮子，你醒啦！”从厨房传来的声音，让顾铮猛然回头，他定睛一看，竟然是余蓓蓓。

余蓓蓓系着围裙，手里拿着锅铲巧笑倩兮：“是不是很惊喜？是不是很意外？”

坐在沙发上的男人冷哼一声地刷存在感。

“他是？”

“余蓓蓓的男朋友，秦棋。”秦棋偏着头，有些冷厉地说，“你最好跟她保持三米以上的距离，否则——”

“否则什么？”余蓓蓓瞪他一眼，又对顾铮说：“别听他胡说八道，我跟他没关系。”

“怎么没关系？有关系！”秦棋赌气般地说：“就算现在没关系，你迟早都跟我有关系！而且是可以上到户口本上的关系！”

“别花时间了!”余蓓蓓耸耸肩膀，“我喜欢的人，喏，就是你面前这位。”

秦棋被伤到了，脸色顿时变白，瞪着顾铮：“他哪点比我好？”

“比你高，比你帅，比你聪明，比你温柔……”

“余蓓蓓！”秦棋腾地站起身，“事不过三，你别一再挑战我的底线！”

“我看你的底线就是没底线！”

“余蓓蓓，你现在嚣张！但我就不信，收不了你这个妖孽。”

余蓓蓓“哧”一声：“我都拒绝了铮子的求婚——”

“等等，”顾铮忍不住插话，“好像是你跟我求的婚！”

“有吗？”余蓓蓓眨巴着眼睛笑道，“可最后不愿意结婚，抛弃你的人是我！”

“看来我得感谢你的不嫁之恩！”

“我这是华丽的转身！”

这下轮到秦棋被气笑了：“行了，余蓓蓓，这个人已经翻篇了，你的未来是我主宰。”

顾铮摆摆手：“你们别一唱一和了，现在告诉我，发生了什么？你们怎么会在这里？”

余蓓蓓把熬好的小米粥端到顾铮面前：“你都已经昏睡一天一夜了，幸亏我及时发现。”

原来余蓓蓓昨天回国，到机场找顾铮的时候才知道他没有上班，但同事说有见到顾铮回宿舍住，她跑到他宿舍，敲门没人应，就直接拿他放在门前鞋垫里的钥匙开了门。没想到一进来就发现顾铮发烧睡在了地板上。

她好不容易将他搬到床上，给他物理降温……秦棋打电话给她，知道她在顾铮家，不放心就赶紧过来了。

江一辰的事，余蓓蓓过了很久才听说，她到加拿大后，报了一所大学，学天文学。

她跟顾铮是大学同学，但那时的她就是被父母全方位呵护的乖宝宝，顺应的是父母的安排。认识顾铮后去航空公司做安检，这应该是她第一次忤逆父母的意愿。为了顾铮，她真的做了很多疯狂的事，但过去种种，她都已经放下了。

可是停下追逐顾铮的脚步，她却不知道该做些什么，跟父母去加拿大进公司帮忙打理？可这不是她的兴趣所在。

想了想，她决定研究天文学，那些浩瀚未知的东西，会让她觉得有探索欲。

后来许霖飞加拿大，她从他那里听说了江一辰的事，许霖取笑她：“赶紧订机票，第一时间回去安抚顾铮去。”

“不要。”

“还真是放弃了？”

“我根本无关紧要，而我也不想再为他浪费时间了。”

许霖锁住她的目光：“真心的？”

“不然呢？”余蓓蓓果断地说，“顾铮的事儿你以后也甭跟我说了！”

虽然余蓓蓓说得斩钉截铁，其实心里还是挂念着顾铮，她给他发了微信，问他还好吗。他隔了一天才回她，这令她有些生气，更加不想理他了。

那段时间秦棋也跑加拿大来，他大张旗鼓地追她，还跑到她家讨好她父母。她烦不胜烦，干脆找了借口回国，没想到她的行程早被父母透露给了秦棋，她在飞机上看到坐在隔壁的秦棋时，有种被冤魂缠身的感觉。

余蓓蓓下了飞机赶紧溜，没想到她来找顾铮，竟然撞见他生病。

真是巧了。

余蓓蓓又给自己盛了一碗粥，坐到顾铮的面前，笑嘻嘻地问：“你跟小瑾吵架了？”

原来顾铮烧得迷迷糊糊，又一边在喃喃地喊着苏瑾的名字，余蓓蓓哄着他，说给苏瑾打电话，让她过来照顾他。没想到他皱着眉，直说，不要。

秦棋突然一双大手遮住余蓓蓓的眼睛。

余蓓蓓气恼地扳开：“你干什么？”

“不许你直勾勾地看着他！”秦棋霸道地说完，干脆整个人凑到余蓓蓓的面前，“看我！”

“神经病！”余蓓蓓瞪了他一眼，起身去厨房。

“我警告你……”秦棋对着顾铮说，“离她远点儿！”

顾铮懒得理他，起身去浴室准备洗澡换衣服上班。

他拿过手机扫了一眼，没有电话，没有微信。他的心里委屈不已，都过去一天一夜了，苏瑾也没有想着来哄哄生气的他。

顾铮愣愣地看着手机，在微信上敲出来：算了，我们别吵架了。想了想，他又删除了，重新发了一句：晚上我去接你。再想了想，又删掉，重写：范加林的事，看能不能再跟他们谈谈？

微信还没有发出去，手机突然振动，看到上面苏瑾的名字，他惊得差点摔了手机，手忙脚乱地接听，感觉心被拨亮了。

“你病了？”苏瑾的声音传来。

"只是发烧。"

"那个，我马上要去北京开会……"

顾铮听到机场的声音，说："我来找你。"

"还有十分钟就要上飞机了。"苏瑾看了看腕表。

"等我。"

顾铮一边说，已经一边朝外面疾步走去。

苏瑾柔声回答："我等你。"

余蓓蓓看着顾铮夺门而出的样子，叹了口气："一物降一物呀！"

"我也会降住你！"

余蓓蓓扫了他一眼，早知道他讲话就是这样没皮没脸、狂妄自大的调调，连反驳都不想。

顾铮朝登机口跑去，过安检的时候，认识的同事见他匆忙，问他："要上机？"

"送女朋友——"

他的语气里满是骄傲和幸福。

这令同事很是无语，嘟囔一声，好像谁没有个女朋友似的。

顾铮跑到去往北京的登机口，远远地，苏瑾已经看到他了，而此时已经开始登机，广播里在呼叫苏瑾赶紧上飞机。

她朝顾铮跑去，而他在她到达的那一刻，一句话没有说地紧紧揽住她。

争吵后的和好，原来会是这么甜。

那些伤害的话，那些愤怒的情绪，在这一刻都烟消云散。

我爱你，所以爱这份爱情带来的满足和悲伤。

Zhijian Hualiang
Yi Cheng Shang IV (Da Jie Ju)

第5章
爱情这种事，谁在意谁先输

1

苏瑾上飞机后，才想起自己刚刚忘记叮嘱顾铮好生休息，按时吃药了。

顾铮一整天没有给她发微信，也是令她心神不宁。

好几次拿出手机查看，文曦问她是不是在等电话。

苏瑾想了想，对文曦说："有个建中集团烂尾楼的项目，你去了解下投资收益。"

文曦应下，转身离开的时候，苏瑾又喊住了她。

文曦询问地望着她："还有事？"

苏瑾迟疑了一下，摇摇头："还是算了，你去忙吧。"

她其实是想问怎么哄男朋友开心。昨天争吵后，她也想过自己对范加林他们的态度确实是过于简单。她应该拿出一个分析表，对于建中这个项目的利弊做出理论和数据的支持，也许更能说服他们。

但顾铮真的生气了，这么多年他还从未像这样发过脾气，她想要道歉，想要表现得更诚恳一些，没想到又有突发事件，新城银行要发行新的基金，寻找合作者，他们要在第一时间跟这家银行接触，希望能够拿到这个项目。

在机场的时候，她接到余蓓蓓的电话，说顾铮生病了。

苏瑾便给顾铮打了电话，顾铮匆忙赶来，他们在机场只相处了两分钟，她就匆匆地登机了。顾铮的同事见着他们难分难舍的样子，都窃笑不已。

苏瑾拿起文件准备看，没想到有个人从商务座走到她面前："苏总，这么巧？"

苏瑾下意识地抬头，面色一冷。

"刚才你从我面前经过，我一眼就认出你了，你倒是没把我放在眼里。"

苏瑾皱眉："肇总，既然彼此印象都不太好，未来也没有合作的可能，也就不用套近乎了。"

"看来我们注定只能是竞争对手。"肇易辉两手搭着前后椅背，用暧昧的姿势圈住苏瑾，挑衅地看着她。上次在酒店他丢脸丢大了，她男朋友踹他那脚的视频和图片在公司微信群传开，害他被嘲讽，他已经快气炸了。总之君子报仇十年不晚，他一定会给苏瑾和信汇好看。

这不，新城银行的新基金项目他听说信汇公司有兴趣后，立刻准备横插一脚。他一定要赢她一次，挽回损失的颜面。

"飞机有些颠簸，请您到座位上坐好。"空姐刚才见到顾铮和苏瑾的道别，现在见苏瑾冷淡的态度，再见那男人轻浮的神色，便过去解围。

肇易辉冷哼一声，回到座位。

空姐俯下身，低声对苏瑾说：“有需要就按呼叫指示灯。”

苏瑾感激地点点头。

空姐又补充了一句：“那个，你跟顾机长很配哦！”

苏瑾想起刚才在登机口的拥抱，不好意思地笑了。她不是热烈的性子，刚刚看到顾铮的那一刻，内心却被欣喜浸润了。

待空姐离开，她看到肇易辉的背影，感觉此去北京，并不会顺利。

肇易辉已经摆明了针对他们信汇公司，好几次在公共场合扬言要跟她重新开战，不仅如此，他开始抢信汇公司的客户，以高额回报去吸引他们。信汇公司因为是KPCB的子公司，实力雄厚，并不缺少客户，但如果是在大项目投资上给他们下绊子，确实会让他们工作被动。

知己知彼百战不殆，苏瑾已经让文曦将肇易辉近年的历史收集了，他在瑞安公司锋芒一直很盛，他当时只是项目部经理，却一跃成为瑞安的老总，那是因为他不仅业绩惊人，还在董事局会议上提出了新的改革方案。

文曦说，肇易辉这个人很有心机。他们不得不防。

2

顾铮回到宿舍，看到余蓓蓓和秦棋都还没有走。

两个人正抓着顾铮的一件外套争执，余蓓蓓要拿他的衣服去洗，秦棋不许。

“你怎么没为我洗过一件衣服？”秦棋不满地说，“别的男人的衣服，你碰都不许碰。”

“秦棋，你少管！赶紧滚！”

……

顾铮无可奈何地从他们中间拿回自己的衣服，对余蓓蓓说：“你赶紧回家吧，我马上去上班。”

“我已经替你请假了！”余蓓蓓随即说，“现在是流感高发期，你这种发烧的疑似病例就不要去公众场合了。”

顾铮无可奈何地笑了：“余蓓蓓，你很闲吗？”

“既然苏瑾不在，那照顾生病的你，我就勉为其难了。”

秦棋在一旁捂着肚子大喊：“疼，好疼，蓓蓓，我是不是阑尾炎犯了！”

另外两人根本无视他，各自走开。

顾铮突然想起什么似的问：“你最近跟小晚联系了吗？”

余蓓蓓想了一下：“前几天看她朋友圈，在布拉格……”

“她跟陈白怎么了？”

余蓓蓓不以为然地说：“好着呗。”

“可我，”顾铮想了一下，还是坦白道，“给陈白打电话的时候，他跟别人在一起，女人。”

余蓓蓓突然间兴奋起来，她哇啦哇啦地大喊：“真的？会有这样的事？那个忠犬男友竟然还会做这种大逆不道的事，不怕小晚剥他的皮，抽他的筋？”

“也许只是客户。”

“你都觉得有问题，那一定是有问题！”

余蓓蓓激动得想要去拿手机给莫小晚打电话，倏然之间她穿着的顾铮的拖鞋一滑，整个人朝前摔了下去，在另外两个人都想扑救之前，头重重地磕在茶几上。

茶几的边角包着铝片，等她抬起头来，锋利的铝片在她眉心的位置划了一道口子，血汹涌而出，让三个人都惊住了。

余蓓蓓感觉到温润的液体滴进眼睛，她一下就咧开嘴大哭起来，秦棋慌乱中想用手去擦血，顾铮立刻将他制止，去拿纱布碘酒。

“这么大人了，怎么跟个孩子似的不小心？”秦棋心疼地说。

余蓓蓓气得大吼：“你怎么不救我？”

“好像那人站得离你近一些。”秦棋不满地扫了顾铮一眼。

顾铮确实很内疚，刚才一切发生得太快了，他又有些大意，觉得她只是摔跤，没想到她会被茶几弄伤，伤势看上去还挺严重。

“怎么办？毁容了！”余蓓蓓又痛又怕地大哭。

“我不嫌弃，不嫌弃！”秦棋赶紧哄道，“别哭了……血跟眼泪混合在一起，怪吓人的。”

余蓓蓓更加生气，跳起来朝秦棋挥拳头，顾铮赶紧将她拦下来，让她坐到沙发上，替她处理伤口。血根本止不住，口子虽然只有一厘米，但太深了，里面白森森的眉骨都看见了。

顾铮说：“去医务室处理，要缝针。”

“不要，那会留下疤痕！”

秦棋心疼不已：“快去医院，医生说了算！”

余蓓蓓只好在顾铮和秦棋的护送下去了机场的医疗站，医生看过伤口后，觉得必须要缝针，要不很难愈合，到时候疤痕会更加难看。

秦棋一直抓着余蓓蓓的手，而她却可怜巴巴地望着顾铮，秦棋瞪了顾铮一眼，松开手：“你过来！”

顾铮握住余蓓蓓的手，安抚道：“不怕，就算留下疤痕，你也是可爱又漂亮的女孩。”

“顾铮！”余蓓蓓可怜兮兮地说，“我从来没有缝过针，你能不能抱抱我？”

顾铮看了秦棋一眼，后者已经不忍直视地别转了目光，而余蓓蓓一把抱着顾铮，哭着说：“顾铮，你说，我怎么这么倒霉……”

秦棋在送余蓓蓓回家后，沉默地离开了。

在看到余蓓蓓那么紧张在意顾铮后，他心里嫉妒得厉害。

原来，不管他是追到加拿大还是追回国，他始终都无法走进她的心里。

余蓓蓓到家以后，还是给莫小晚发了微信，告诉她，陈白有情况了。

莫小晚几乎是秒回：由他去吧。

3

莫小晚收到余蓓蓓的消息时，正在塞纳河边的咖啡厅里，一边喝咖啡一边给杨煦回微信。

杨煦是莫小晚在布拉格认识的朋友。

那天她打算去布拉格广场逛逛，没想到一出酒店才发现下雨了。看了看并不算太大的雨，她决定冒雨前行，这时一把伞突然举到她头顶，用英语问她需要伞吗？

她下意识地拒绝了。对方也疾步朝前，留给她的只是一个高大的背影。

她继续往前走了半个小时，在一个十字路口又有一个男人问她要不要伞，她一抬头突然就笑了。

这分明就是刚刚被她拒绝的男人。

他应该是亚洲人，高，瘦，单眼皮，穿格子衬衣牛仔裤，长得有点儿像演员雷佳音。

莫小晚跟他聊了起来，这才知道他的名字是杨煦，来自中国辽宁，之前在日本读博士，来布拉格是毕业旅行。

在异乡偶遇同胞，两个人变得热络起来，再一问都是要去布拉格广场，当即决定结伴前行。

他们到达布拉格广场，一同登上了布拉格最著名的景点——钟塔。

在钟塔上，莫小晚俯视着被阳光笼罩着的城市，有一种现世安好的感觉。这里美得如同油画，那些色彩艳丽的建筑，那些古老悠长的老街，那些欢快活泼的艺人……当她别转面孔时，看到杨煦正举着相机对着她拍照。

那天中午，他们就在布拉格广场上找了一家餐厅吃饭，莫小晚给自己点了一份肘子，让杨煦笑得不行："你还挺能吃的。"

莫小晚真是饿了，大口吃着肉，跟杨煦喝着啤酒，因为年纪相仿，经历类似，两个人聊得放松又愉快。杨煦的计划是下午坐长途汽车去维也纳。莫小晚打算去法国，他们在车站分开前，杨煦问她能不能加一下微信。

这之后他们便成了朋友。因为杨煦经常去欧洲出差，他的妹妹就住在意大利，所以他对欧洲很熟。这也让莫小晚的旅行变得很顺利。

有天她想去巴黎卢浮宫参观时，看着前面黑压压的人群几乎要放弃了，没想到杨煦告诉她有一个侧门可以过去，她去试试，果然顺利地进去了。

这让她开心极了。

离开法国后，她又去了德国和西班牙……这一路都是杨煦陪着她，也是因为他的陪伴，他们变得越发熟稔。

反而，她跟陈白联系得很少。

他在微信上发大段大段的语音，无非是想念她的话，可她只要一问涂暮瑶还在不在，他就不敢回答了。

莫小晚心里冷哼，他说自己不忍心，但其实是余情未了。

只要他带着涂暮瑶去医院检查，就可以发现她在撒谎，哪有什么绝症？他不肯去证实，就是在自欺欺人。在他没有和往事一刀两断前，莫小晚不打算回去。

想了想，她发了一条只给陈白一个人看的朋友圈，那是她跟杨煦分开前两人的自拍合影。

果然，五分钟后，陈白就打来电话。

莫小晚任凭手机响了又响，就是不接。

直到上面显示有七个未接来电后，陈白没有继续拨打过来。

莫小晚有些气恼，怎么才七个电话不接就不打了？之前他拨打电话的最高纪录是五十八次……忽然之间，莫小晚又觉得自己太矫情了。

发朋友圈试探，生气不接电话，让他着急不回微信——她一直觉得她不会这么小女人地去爱一个人，但所有的爱都殊途同归，她其实很想念陈白。

有好几次她朋友圈下面附带着地址，就是希望陈白会来找她。

可是她走了这么久，他的微信却越来越少了。

有一丝不安在她心里滑过，她想自己为什么要去考验人性，也许陈白就是经不住考验，和初恋复合了。

莫小晚越想越害怕，越想越担忧，她决定立刻回国。

她拿起手机订下第二天回国的机票，等到支付页面出现的时候，手机因为没电突然自动关机。

想了想，还是回酒店吧。

等出了咖啡厅，莫小晚才发现因为手机没有电，没有办法叫车，也不能在手机里查到酒店的地址，她的心“哐当”一下，不断地往下沉。

凭借着记忆，莫小晚朝酒店的方向走去，可是越走越觉得方向不对，她又累又乏，一种想要哭的酸楚在心里涌动。

最绝望的时候，她终于找到了一部公用电话，拿起来打给了陈白。

陈白在电话那边迷迷糊糊地“喂”了一声，莫小晚才想起来，因为时差，现在是北京时间凌晨两点。

莫小晚刚想要出声，听到电话那边涂暮瑶的声音：“陈白，你的手机吵死人了！”

“小晚？”陈白紧张急切地喊，“是你吗？小晚。”

莫小晚默默地挂了电话。

她真的生气了。

陈白这个骗子！他不是说他住办公室吗？

莫小晚转而给苏瑾打电话，可怜兮兮地说：“帮我查一下邮件，看看我的酒店地址。”

苏瑾根据莫小晚的用户名和密码进入，很快就找到了地址。

“还不打算回来呢？”

“明天就回吧。”莫小晚笑着说，“就知道这么晚你还没有睡。”

苏瑾看看时间，这才发现已经这么晚，端起咖啡喝了一口：“在北京出差。”

“事情很棘手？”

“不那么顺利……”苏瑾正说着，突然看到莫小晚的邮箱提醒有新邮件，标题是：我和陈白已和好。

苏瑾以为是谁恶作剧，点进邮箱一看，竟然是几张陈白和一个漂亮女孩自拍的照片，虽然陈白睡着了，但那种亲密一目了然。

苏瑾沉默了一下。

“小瑾？”莫小晚迟疑地问，“在听吗？怎么不说话了？”

苏瑾的手在删除邮件那里放了放，还是决定让莫小晚自己决定：“我刚才点开了你的一封邮件，里面是陈白和另一个女人的合影。”

莫小晚大惊：“谁发的？”

“上面的名字是涂暮瑶。”

莫小晚怒了：“涂暮瑶她到底想干什么？她喜欢这种你争我夺的游戏，但我没兴趣！她想要陈白，就送给她好了！那种朝三暮四、水性杨花的男人，我不稀罕。”

“小晚，你冷静点儿。”苏瑾说，“也许只是误会。”

“涂暮瑶是他的初恋，他一直追不上，现在回来反扑，真是满足了他无法实现的遗憾。”莫小晚咬牙切齿地说着气话，眼泪涌了上来。

“你回来再说吧。”苏瑾宽慰道，“陈白对你怎样，我们都看在眼里，你要给他一个辩解的机会，如果真是误会，解释清楚就好。”

“我见过涂暮瑶，她咄咄逼人，想要跟陈白和好，但陈白摇摆不定，所以我才出来。”莫小晚说，“小瑾，你懂我，我就是不喜欢跟别人抢东西，如果能被抢走的爱情，我也觉得没什么可惜。只是，为什么他们要这样对我？赵铭骗我，连陈白也不坦诚……”

那天夜里，苏瑾和莫小晚聊了很多，但不管她怎么劝说，莫小晚都不想回国，她不想迎战，更不想让自己成为被挑选的对象。

她从来都很骄傲，特别是在陈白面前。

那个一向俯首贴耳的男人，她不允许他变得有心理优势。

爱情这件事，谁表现得更在意，谁输。

4

苏瑾从北京回来的时候，顾铮和陈白一起在机场接她。

因为联系不上莫小晚，陈白都急疯了，他只好来求助苏瑾，想从她这里知道莫小晚的行踪。

他也对顾铮解释了那个他听到的女声。

“涂暮瑶说我家进贼了。”

顾铮没好气地说：“那她应该先报警。”

陈白垂头丧气：“我知道可能是假的，但她说很害怕，我就回去了。”

“后来呢？”

“我回到家，看到她做了很多菜。”陈白停顿一下，幽幽地说，“我以前追她的时候，都是我给她准备好吃的，当时心里真的很感动。顾铮，我知道这样说很对不起小晚，但涂暮瑶曾是我的女神，她来找我，为我做这么多事……我没有办法对她很凶。”

顾铮叹了口气，他知道这是陈白的软肋，陈白看上去吊儿郎当，但其实最细腻，也最容易心软。

“那你有什么打算？”

“涂暮瑶说她得了绝症，只是想来跟我道别。”

顾铮错愕地望着他：“你见过她吃药吗？医生的诊断书呢？还有她有哪些异常？”

陈白苦涩一笑：“我不想去确定她是否真的得了绝症，没有得不是更好吗？但如果是真的……我不想让自己太残忍了。毕竟她来找我，不是出于恶意。”

“你自己跟小晚解释吧。”顾铮叹口气，“她再明事理，但面对这种事也会生气，你要处理好。”

两个人正翘首以盼，苏瑾出现了，顾铮赶紧迎上去，自然地接过她手里的行李箱。

“小瑾，求求你赶紧告诉我小晚在哪儿。”陈白一见到苏瑾就噼里啪啦地说，“她把我电话拉黑，微信拉黑！就是两天前的晚上她给我打了一通电话以后，可我当时睡得迷迷糊糊，也不知道她发生了什么就挂断了！”

“她没事，那天只是手机没电找不到酒店的地址。”苏瑾淡淡地说。

“后来她回酒店了吗？”

苏瑾点点头：“她看到了你跟涂暮瑶的亲密合影。”

“合影？”陈白狐疑地问，“我们什么时候合影了。”

“你睡着了，涂暮瑶在旁边拍的。”苏瑾说，“抱歉，我也是无意中看到，因为她要我查酒店地址，正好收到了她发的那封邮件。”

“你先看到的？”陈白不由得问。

“对。”

“那你干吗不删掉它？”陈白脸色一沉，不满地说，“小瑾，你这不是害我吗？”

“陈白，你现在不是该指责我，而是要向小晚解释，为什么会有那样的照片。”

陈白气急败坏地说：“苏瑾，我当你是朋友！你说你哪次出事不是我替你打官司出头？你怎么可以这样恩将仇报呢？你顺手把邮件删了，然后私下来跟我说这件事不行吗？小晚现在根本就不理我了！你是不是就盼着我们分手呢？”

顾铮看着他们争执，挡在苏瑾前面：“能讲点儿道理吗？如果小瑾没有查邮件，那封邮件还是会被小晚看到。”

“可苏瑾先看到，她明明就可以删除它，不让小晚发现！”

“你这不是掩耳盗铃吗？”苏瑾冷静地说，“陈白，你现在应该是处理好和涂暮瑶的关系，而不是想要掩饰！你这样会让我更觉得你在心虚！”

“你懂什么？”陈白恼怒地说，“那你把小晚的行踪告诉我，我去找她。”

“我不希望你对小晚有所隐瞒。”苏瑾望着他，“等你们解决好了，再去找她吧。”

“苏瑾！”陈白暴喝一声。

顾铮上前一步：“你冷静点儿！”

陈白愤然地推了顾铮一把：“冷静！我怎么冷静？现在小晚不理我，她的性格……这就是要分手的节奏了！我能冷静吗？”

“事情没你说的那么严重。”顾铮抬手想要安抚下他，被陈白一巴掌拍掉。

“你们俩真是够朋友！”陈白愤懑地说完，转身就走。

顾铮垂了垂眼，心里苦涩不已。

最近到底是怎么了？朋友们一个个反目，而他想要认同苏瑾，可是，心里有另外一个声音在说，她其实做得不妥。

苏瑾想要上前跟顾铮说话，但顾铮已经大步走在前面，苏瑾怔了一下，默默地跟在他身后。

直到坐在车里，顾铮还是冷着脸不吭声，苏瑾忍不住问：“你觉得陈白跟前女友纠缠不清，没有问题吗？”

顾铮克制住自己的情绪，望着苏瑾笑了笑：“如果是我，应该会把那封邮件删除，毕竟多一事不如少一事。我也相信陈白不是那种人，这中间一定有误会。”

苏瑾欲言又止：“开车吧，我还要回公司。”

即使两个人没有争吵，但彼此都知道对方在隐忍，他们不能认同对方，他们在回避争吵。

一直到苏瑾上楼，顾铮看着她的背影，心已经放软了。

他们为什么要生气、吵架和冷战呢？

爱情已经那么不容易，何必再增添波折。

那天回去后，顾铮给陈白打电话，他一直不接，他有些担心地去他的律师事务所找他，也没有见着。顾铮便去了陈白家里，开门的人是涂暮瑶。

顾铮望着涂暮瑶，怔了一怔。

陈白没有告诉他，原来涂暮瑶跟莫小晚长得挺像……在这一刻，顾铮终于明白，为什么陈白狠不下心来对涂暮瑶了。

他爱过她，所以后来爱的女孩都像她——

5

苏瑾正在处理文件，没想到肇易辉竟然直接闯了进来，随后跟进来的文曦不悦地说："见我们苏总得先预约，您——"

苏瑾挥挥手，示意文曦不必生气。

文曦冷哼一声，连茶都不愿准备，不满地走开了。

"苏总给我送了一份大礼，我怎么也得还一份！"肇易辉坐到苏瑾的办公桌前，装腔作势地将手里的公文袋晃了晃。

"有话直说。"

"苏总真是好手段!"肇易辉冷笑，"又拿下新城银行的基金项目，我这可是连连战败，都快连瑞安老总的位置都坐不稳了。"

"新城银行的项目对瑞安来说只是沧海一粟，肇总何必介怀。"

"对，一个项目而已！我们瑞安根本不缺项目，但我介怀的是输，而且是输给一个女人！"

"肇总就这么看不起女人？"

"对，我曾经觉得我天生就是做投资人的料，我聪明、有魄力，而且我熟读兵法，在资本这个群雄逐鹿的市场，我会独占鳌头，但苏总，你打击到我了！"

肇易辉笑得脸都扭曲了："但，我要去告你贿赂！你给新城的行长送礼，所以他们才把这个项目给了你！"

苏瑾抱着手臂，冷冷看着他："要说送礼，你的三十万倒是挺大的手笔。"

肇易辉一怔，他没想到苏瑾会知道这件事，嘴硬地说："证据呢？"

"需要我交给证监会吗？"苏瑾气定神闲。

"苏瑾，算你狠！"

肇易辉气得要吐血。他一向善于打理关系，揣摩人心，所以他到北京后立刻联系熟人跟新城银行的行长吃饭，席间他们相谈甚欢，加上他将瑞安的条件抛出来，银行行长已经颇有合作的意向。他早打听过新城行长的女儿准备结婚，立刻拿了三十万当作贺礼。

只是对方坚决不肯收，他也只能作罢。

但没想到后来他听说苏瑾也给新城的行长送礼了，她送的是一幅古玩字画《千里水村图》。

苏瑾知道肇易辉很会拉关系，她研究了很久新城银行行长的新闻，这才知道原来他是一个国画爱好者，最喜欢的是画家王希孟的画，所以一直在临摹他的画风。

苏瑾想起来他有个客户收集了很多字画，她请他帮忙找一下王希孟的真迹，没想到对方替他找到了一幅《千里水村图》。这幅画已经有三百年历史，一直流落民间，偶尔才会被放到博物馆展出。

苏瑾将这幅画拿给行长的时候，他吓了一跳，赶紧摆手："苏总，你这是要让我犯错误吗？"

苏瑾笑了："游行长，我知道你们银行可选择的很多，并且其他家也都实力雄厚。但我只是想告诉游行长，我们信汇公司推出的所有项目，都只有一个目的，那就是让投资者无法拒绝！"

行长一愣，突然大笑着竖起大拇指："高，太高了！揣摩到他们的心意，让投资者无法拒绝！你这一招真是深得我心呀！"

苏瑾笑了："我只是想要利益最大化，所有人都能满意。"

行长啧啧不已："揣摩我的心意，你们也是费尽心思了！不过，你们信汇确实给我留下很深的印象，有前途！"

苏瑾收起《千里水村图》，行长眼巴巴地瞅着："就不能借我看一会儿？"

"游行长，我已经跟收藏这幅画的主人说了，您是识画之人，一定会护它周全。"苏瑾缓缓地说，"他同意借给你三天，三日后完璧归赵。"

"好好好！"游行长满意地大笑起来。

隔日，新城银行的新合作方，信汇公司胜出。

后来，肇总和苏总送礼的事都被好事者传了出来，有人说肇总的三十万还不济借来的一幅画，当然是褒扬苏瑾贬低肇易辉，他听说后气得把杯子都摔了。

"你很会送礼，"肇易辉对苏瑾说，"我送的这份礼你也会喜欢。"

肇易辉将公文袋放到苏瑾的办公桌上，示意："打开来看看，是不是很惊喜？"

苏瑾打开公文袋，没想到看到的是顾铮和余蓓蓓的照片。两人靠在一起，从照片上看，很是亲密。

这一刻，苏瑾想起了陈白。她想自己也许真的冤枉他了，那些照片就是别有用心的人刻意挑选的角度。

"苏总真是镇定，你男朋友跟别人都这样了你连眉头都没皱一下。"一直观察苏瑾反应的肇易辉嗤笑一声，“不会是在我面前装吧？你还得感谢我，要不是我在机场撞到他们，还不知道你男朋友竟然背着你这么优秀的女朋友劈腿。”

“肇总，你真是超乎我的想象。”苏瑾冷冷地说，“我以为你不聪明也就算了，没想到还这么幼稚，几张靠在一起的照片算什么？朋友之间不也都会这样？就为了这几张照片还劳烦你到信汇公司走一趟，真是让你太费心了。”

肇易辉气得一拍桌子：“好，实锤是吧？我看你是不见棺材不掉泪!你这样冰冷的女人就活该被甩，被劈腿！”

苏瑾摁呼叫铃：“文曦，送客。”

肇易辉兴冲冲前来，没想到根本没有打击到苏瑾。也不知道她是真的不在乎，还是装得不在乎。他从北京返回，在机场的时候一眼认出曾经踹他一脚的顾铮，没想到他在航空公司上班，他下意识地跟了上去，看到有个女孩跟他在一起，两个人还挺亲近。

他心里一喜，以为终于找到打击苏瑾的方法，没想到她毫发无损。

肇易辉出门的时候，撞到保洁的垃圾推车，膝盖被撞得生疼，更是气急败坏，朝保洁狠狠发了顿脾气。他在心里对自己说，总归有一天，他要让苏瑾输得难看。

Zhijian Hualiang
Yi Cheng Shang IV (Da Jie Ju)

第6章 原来你一直在云端

1

苏瑾和文曦在检查文件资料，准备去跟峰兴企业的老总谈合作。

苏瑾的手机这时候响了，传来梁宏带着哭腔的声音："姐，你快来，我爸出事了！"

苏瑾心里一顿："怎么回事？"

"有人偷店里的东西，爸跟他理论，没想到他们把爸打伤了。"

文曦看了看神色凝重的苏瑾，将她手里的文件接过来自己整理。

"你爸现在怎么样？"

"隔壁王叔叔帮忙送医院了，也是他们给我打的电话，我现在从学校出来。"

"我这边还有点儿事走不开，小宏，你去医院看看爸爸要紧不，我忙完就过去。"

"姐——"梁宏不满地说，"你就不能先来医院吗？"

苏瑾迟疑一下，安抚道："既然在医院了，医生会处理，你也别着急。等问下情况，我会来处理的。"

挂了电话，文曦小声地问："苏总，要不……"

"不能让安总等太久，我们出发。"

信汇公司最近的几个大动作在业界口碑不错，当时力促KPCB将信汇公司归入麾下的孟总很满意。总公司对于苏瑾这几个月的业绩也相当肯定，这让中国区总裁孟霖辉的权限提升，巩固了他在KPCB的地位。所以这次峰兴企业准备在创业板上市的工作，他交给苏瑾去攻关。峰兴企业是近来化工界发展比较好的企业，年利润达到上亿，他们企业上市准备良久，这一次是希望能让信汇做融资对接的工作。

为了这个项目，苏瑾和她的团队忙了一个星期，从上市结构、搭建红筹架构、境内外审计、境内外法律意见书，向交易所提交的材料等方面，详尽地做了一份计划书来。

这份计划书出来后，信汇公司要和峰兴接洽他们近几年的报表，完善他们的财务报表，争取递交到交易所的资料能够审核通过。

等苏瑾跟安总那边谈好合作，签署好战略合作书，已经一整天过去了。他们一行从峰兴公司出来，夜幕降临，华灯初上，整个城市都被笼罩在一种晕黄的光圈中。

文曦因为第一次参与这种上市筹备项目，心里怀揣着兴奋："苏总，去庆祝一下吧。"

其他同事也附和："是呀，我们完成得太漂亮了！忙了这么多天要放松下了。"

"你们去吧，我要去趟医院。"

苏瑾说完，文曦才想起来上午的那个电话，赶紧说："那我送你去！"

“你跟他们去玩，我一个人就行。”

苏瑾到医院时，没想到顾铮也在。她怔了一下，随即就明白了，定然是梁宏给他打的电话。

梁宏看到她，赌气地别转面孔，顾铮上前接过她手里提着的水果篮，低声说：“多处软组织受伤。”

苏瑾松了一口气：“梁叔叔，抱歉，公司有事——”

躺着的梁树民想要起身，苏瑾赶紧说：“您躺着。”

梁宏再次冷哼一声。

气氛有点尴尬，顾铮在果篮里拿了几颗苹果往梁宏手里一塞：“去洗洗。”

梁宏不情不愿地接过苹果，转身出了病房。

梁树民讪讪地说：“别理他，那个臭小子脾气越来越大。”

苏瑾愧疚地说：“梁叔叔，今天到底怎么回事？”

在李凤华去世后，梁树民为了照顾梁宏，在小区门口开了一家小超市。虽然生意一般，但对于他来说，也挺知足了。这么多年他的生活从来没有这么安闲过，除了为生计奔波，还要处处受李凤华的气。现在梁宏上学和治病的费用都是苏瑾在承担，他整个人也就放松下来。

今天早上超市开门不久，有两个男人过来买烟，他们买了两条挺贵的烟，可是在找零钱的时候，那两人又把烟还给他，说不要了。梁树民虽然生气，但也只能把烟收了，可他刚打算放回柜台，察觉有点不对劲，再拆开一看就知道烟被人动了手脚，已经调包了。被调包的烟定然是假烟。

他立刻从柜台后面跑出去拦住那两个人。

那两人也不跑，挑衅地看着他。

双方发生争执，他们怎么也不承认调换了香烟，而梁树民坚持打开他们的包查看。闹得厉害的时候，两人把梁树民推在地上，狠狠地拳打脚踢。梁树民到底五十多岁了，哪是他们的对手，只能抱着头大喊抓小偷，这才引得人进来。

那两个人逃了出去，坐上摩托车一溜烟地跑了。

邻居报了警，但梁树民的店太小，所以他大意地没有在门口装监控，警察也只能做笔录，说会进一步调查。

“幸好顾铮在。”梁树民说，“他在医院帮忙办住院，带我检查……”

苏瑾深深地看了顾铮一眼，而后者把手搭在她的肩膀上：“梁叔叔，没事，有什么事您找我就好了，现在我在后勤工作，时间上会自由些。”

“唉——”梁树民惋惜地说，“好好的机长，说不当就不当了。”

正说着，梁宏回来了，拿着小刀将苹果削皮，再切成两半，一半给了父亲，一半递给顾铮。

顾铮正准备给苏瑾，被梁宏夺了回来，狠狠咬了一口：“我吃！”

苏瑾无可奈何地笑了笑：“小宏，别生姐姐气了，姐姐今天真的很忙，现在还没吃晚饭——给我削个苹果？”

“忙忙忙，你哪天不忙？”梁宏气恼地说，“生日那天我跟姐夫准备了一天，结果过了生日才回来！姐夫前几天生病，你在哪儿？那天我跟蓓蓓姐吃饭，她说要不是她及时发现，姐夫不知道会病成什么样！”

苏瑾询问地看了顾铮一眼，她没有听他提过，他跟梁宏一起吃饭，还约了余蓓蓓。

顾铮赶紧回答：“蓓蓓她非要跟着——”

“还有今天，我爸都被坏人欺负了，你也不来！”梁宏积怨已久，现在一口气说出来，“在你心里，只有挣钱重要！我不重要，姐夫不重要，当然我爸也不重要！”

“别这样说你姐！”顾铮赶紧打圆场，“大人总有不得已的苦衷！”

“苦衷！我看她就是凉薄！”梁宏停顿了一下，又说，“当年妈病的时候，她在哪里？虽然我还小，但姐过暑假寒假都不肯回来，妈每次看着姐的照片默默流泪！姐，你知不知道妈有多想你？她病成那样了，却害怕影响你的学业不让爸爸告诉你！”

猛然听到母亲，苏瑾的心被撕扯了一下，钝钝地疼。

顾铮看着苏瑾难过的样子，赶紧拉过梁宏：“小宏，你不可以这样说你姐，她的压力比谁都大，等你工作了，踏入社会，你会明白人生有很多的不得已。”

“对不起，”苏瑾沉沉地开口，“小宏，妈妈的事对不起——”

梁宏知道自己的话重了，喃喃地喊了一声：“姐！”

苏瑾抬手摸摸他的头，心里一片黯然。

2

第二日，苏瑾把工作安排了，提前下班，早早地到医院探望梁叔叔。

见到她，半靠在病床上的梁树民很是惊讶，赶紧说："不要紧，小瑾你去忙工作吧！我这边也没有大事，耽搁你工作就不好了。"

苏瑾把买的营养品放在床头柜上："梁叔叔，别担心，我今天的事已经做完了。"

梁树民这才松了口气："那就好。"

苏瑾给梁树民倒了一杯水："今天好些了吗？"

"不碍事，都是外伤。"梁树民说，"你看顾铮请假在医院陪着我，你也来，我真过意不去。"

"顾铮？"苏瑾一愣，"他也在？"

"是呀，我都说出院，医生非要让做全面检查，"梁树民叹口气，"现在不服老不行了，被踢了几脚就要住院。"

"做了检查放心点儿。"

"我老了不要紧，就是担心小宏，他现在谁的话都不听，越来越叛逆了。"

苏瑾垂了垂眼。

梁树民继续说："其实我最担心的还是他的身体，现在不盯着吃药，他总是忘记，还玩游戏熬夜，这样下去身体又会不好！唉，叔叔太无能，不会教育呀！要是你妈……你妈在就好了。"

苏瑾眼里蓄上泪来。她也多希望母亲能在呀……

为了掩饰难过的心情，她站起身："梁叔叔，我去看看顾铮。"

"哦哦哦，他带余蓓蓓去外科了！"

苏瑾一怔，她没想到余蓓蓓会来医院。她好像回国有些天了，但她们还没有正式碰到过。

苏瑾朝外面走去，在二楼走廊上，她看到顾铮和余蓓蓓坐在长椅上，余蓓蓓伏在顾铮的肩膀上在哭，而后者抬手轻轻拍着她的后背安抚。

苏瑾迟疑地停住了脚步。

正在这时，有个男人越过苏瑾，疾步上前一把扯过余蓓蓓，然后朝顾铮肚子上挥过去一拳："顾铮，你太过分了！"

顾铮吃痛地捂住肚子。

“秦棋，你疯了吗？”余蓓蓓挡在他们中间，抬手打了秦棋好几下，“道歉！赶紧跟他道歉！”

“我是疯了！我疯了才会喜欢上你！你就仗着我喜欢你，所以可以欺骗我和伤害我吗？”秦棋悲愤地望着她。

余蓓蓓反应过来：“你怎么会在这里？你竟然跟踪我！”

“对，我就跟着你!”秦棋说，“你不是说你已经放下这个人了吗？可你一回国就找他！他生病了，你紧张的样子……我都看不下去了!”

“说重点！你凭什么跟着我？你是我的谁呀！”余蓓蓓怒气冲冲地说，“我的事不要你管！”

秦棋愤懑地抓住余蓓蓓的手：“凭什么？凭我犯贱吧！凭我不想让你犯贱！”

话音刚落，余蓓蓓抬手就扇了秦棋一个耳光：“我就喜欢顾铮！自始至终我爱的人就只有他！”

她脱口而出的话就像一阵飓风，将秦棋最后的希望给吹散了。

他绝望地看着面前残忍的女孩，踉跄着说：“好，余蓓蓓，你狠！这个世界有那么多女人，我就不信我不会再爱上别人！”

顾铮抬起眼来，注意到站在不远处的苏瑾，而后者的眼里已经是一派的淡然。

这一刻，顾铮迷茫了。

苏瑾爱他吗？爱一个人不是应该充满嫉妒和占有吗？所以秦棋看到这一幕，几乎疯掉。而她，怎么会这么冷静、平淡？

余蓓蓓对着秦棋冷冷地说了一句：“悉听尊便。”

说完这句她拉着顾铮就走了，而秦棋像一座轰然倒塌的雕塑，跌坐在长椅上。

他把手插进自己的发丝，隔了好一会儿，才察觉自己泪流满面。

他总是在余蓓蓓面前装得自信满满，他说他一定会追到她，一定会让她成为他户口本里的人。其实说这些话的时候他都在虚张声势，他一点儿底气也没有。

他知道她喜欢的人是顾铮，第一次跟她相亲，她就说了，她是被迫相亲，她心里有别人。后来他知道了很多事，她为了顾铮在机场做了几年的安检工作；她为了顾铮包下飞机去原始森林搜救；她还为了他，在机场当着所有人求婚……她是那么执着的女孩，但他痛恨这样的执着。第一次见到顾铮，他甚至觉得余蓓蓓很有眼光，他输得心服口服。

但顾铮不是有女朋友了吗？余蓓蓓干吗还死缠不放？

等秦棋冷静点，坐他旁边的苏瑾碰了碰他的手肘。

秦棋讶异地别转面孔，望向苏瑾，然后正色道：“我不接受任何形式的搭讪。”

苏瑾无声地笑了，刚刚还吵着要去爱别人，现在却表现得意志坚定。

“我们见过。”苏瑾说，“有一次在火锅店。”

秦棋有点愣：“什么时候？”

“当时余蓓蓓在相亲——”

“哦！”秦棋终于恍然大悟，“想起来了，很抱歉，我对你一点儿印象也没有。”

苏瑾的笑意更深了：“那我自我介绍一下，苏瑾，顾铮的女朋友。”

秦棋错愕地张大嘴巴，认真打量苏瑾：“刚才你看到他们了？”

“是。”

“那你不生气？”秦棋想到刚才那一幕，愤愤不平，“我都气炸了！你不知道她回国第一件事就是找他，知道他生病守了他整夜，还熬小米粥收拾房间……”

秦棋委屈地说：“我从来不知道她也会做这些事，她从来没有为我做过！”

苏瑾安抚地说：“蓓蓓认识顾铮很多年了，他们的感情自然会深厚些。”

秦棋难以置信地望着苏瑾：“你刚才看到他们搂抱在一起，居然不吃醋，不嫉妒？你到底是不是顾铮的女朋友？要是别的女人，早都哭着喊着要他解释了！”

“顾铮不用解释。”苏瑾淡然地说，“我相信他，也相信余蓓蓓。”

“可是——”

“蓓蓓是喜欢顾铮，但她的喜欢是成全。”苏瑾缓缓地说，“我也从来没有把蓓蓓当成情敌，因为她对顾铮的那份喜欢很纯粹，不求回报。”

“你就不怕——”

“为什么怕？没有信任的感情，从一开始就输掉了。”

“你的冷静吓到我了。”

“我只是了解顾铮，也了解蓓蓓。”

“是我不够了解她吗？”

“世界这么大，但遇到一份爱情不容易。”苏瑾想了想，“特别是我这样的人，所以，如果你觉得那是你的爱情，何不再努力？”

“一直爱一个人，对方没有回应，那不是很悲惨？”

“放弃与否，遵从你的内心。”

“苏瑾，”秦棋深深地说，“我觉得你太冷静了，一般人估计受不了，也就他了。”

苏瑾一怔，暖暖地笑了。

3

苏瑾没有生顾铮的气，没想到他却在闹别扭。

“听梁叔叔说，你给小宏报了补习班。”苏瑾没话找话。

“嗯。”

“高二了，不知道能不能补起来。”

“嗯。”

“你呢？调岗以后还适应吗？”

“嗯。”

“要不，周末我们去郊游吧？”

“再说吧，今天周四，你的时间怎么能现在确定？”

苏瑾笑着抬手在他脸上捏了捏：“你生气的样子像个小学生。”

“多谢你看出来我生气了！”

“这么明显，我想忽略也做不到。”

“那你不打算问点儿什么？”顾铮没好气地瞪她一眼。

“问你跟蓓蓓为什么抱在一起？”

顾铮有些嗔怨：“明明就是靠在我肩膀上，哪有抱着！”

苏瑾反问：“那又有什么好问的？”

顾铮悻悻然：“算了，我告诉你吧。余蓓蓓上次在我家摔了一跤，眉心有道口子。今天她来医院想问问祛疤痕的办法，但医生说即使做了手术也会有疤痕，只是变小而已。听了医生的话，她很担心，所以哭了。”

苏瑾一阵沉默。

“你吃醋了？”顾铮忍不住问。

苏瑾摇头：“蓓蓓那么要求完美的女孩，确实很难接受。”

顾铮心里一顿，将车停到临停位置，转向苏瑾：“你刚才为什么不上来质问？”

“问什么？”

“明明看到我和余蓓蓓在一起，你真的无动于衷吗？”

“事实上早有别人将你们在一起的照片给我看过。”

“什么？”顾铮讶异地问。

“还记得肇易辉吗？他在机场见到你，发现你跟蓓蓓在一起，拍了照片给我。”

“你怎么没有告诉我这件事？”

“他别有用心，我又何必上当？”

“苏瑾！”顾铮加重语气，“你什么事都不告诉我！我有时候觉得一点儿也不了解你了！”

“告诉你有用吗？”苏瑾直视他，“我的工作真的很忙，我没有那么多时间来吃醋和嫉妒，何况我相信你和蓓蓓。”

“是的，你的时间有限，我不该占用。”

“你知道我不是这个意思。”

“那你的意思是什么？”顾铮觉得挫败，他不想要生气、发火，不想要跟苏瑾争吵，但为什么最近他们总是在吵呢？

“你别这么幼稚！”

顾铮深吸一口气，重新启动车子：“算了，送你回家吧。”

到家的时候，苏瑾问顾铮要不要坐一坐，他说句“太晚了”便离开了。

苏瑾站在窗口，看着顾铮在车里坐了好一会儿才启动离开，她有些失神。

她想起文曦曾说过的话，她说，苏总您都不给自己留时间谈恋爱的吗？

她握着笔，想也没想地说，我跟顾铮都不喜欢那些形式的东西。

文曦反驳她，谈恋爱怎么会是形式？需要陪伴、浪漫，花心思，还有拥抱！那时候你跟杨总在一起，我们都觉得你们不像是恋人，也许他是积攒了太多失望才离开的吧。

苏瑾一怔。

文曦赶紧说，对不起，我不是为杨总开脱，他再怎样都不该卷走公司那么大笔钱。我只是有点儿担心您和顾大哥这样聚少离多，感情会不会变淡？

苏瑾从来没有想过这些，她和顾铮曾经分开过那么长的时光，但她一回头，他就在那里。她也曾觉得自己太忙，给不了顾铮想要的生活，可是后来觉得，两个人在一起，那就是生活。

但现在她才发现，也许正如文曦说的那样，她不会恋爱，她就是那种高智商低情商的人。

苏瑾拿起手机想要跟顾铮说点儿什么，但她最终点开了莫小晚的微信，问她和陈白的误会解开了吗，什么时候回来。

莫小晚没有回。

4

此刻的莫小晚在日本。

白天她和杨煦去了奈良公园喂小鹿，杨煦给她拍了很多照片，她在酒店咖啡厅一边在相机上翻看照片，一边跟杨煦聊天。

莫小晚也没想到会在日本碰见杨煦，那时候她还在跟他抱怨想要去的两家网红店人都巨多，她等了会儿还是放弃了。杨煦说不如去另外一家，那里的大阪烧特别好吃。

莫小晚在杨煦的指引下去寻找那家餐厅，等她到了，却赫然在座位上看到杨煦，又惊又喜，几乎是跳起来冲到他面前："你是翻了个筋斗过来的吗？"

杨煦欢喜地坏笑："太远了，我翻了三个筋斗才到。"

莫小晚隐约觉得杨煦对她怀有不一样的感情。那天她手机没电，忘记酒店的地址，后来是苏瑾查了邮件才告诉她的。

因为看到涂暮瑶发来的照片，她一生气就关了手机。没想到第二天她开机的时候，除了陈白的电话和微信，找她最多的人是杨煦。

他说联系不上她，他都要疯掉了。欧洲的治安并不好，她一个女孩子孤身上路，他差点儿以为她遇到不测。

莫小晚第一时间给杨煦回电话，他激动得差点儿哭了。此后的日子，莫小晚答应他，每天都会告诉他去了哪里。萍水相逢，莫小晚觉得他对她过于上心，可她又觉得他们只是见过一面，相处了还不到半天，杨煦应该只是出于朋友的关心才这么紧张她。

没想到她到日本，他竟然也来了。

"探亲访友还是纯旅行？"莫小晚问他。

"访友加出差。"

"那就是出差了。"莫小晚心里暗暗松口气，只要他不是专程为她而来就好。

杨煦笑而不答。

"你会在日本待几天？"莫小晚说，"真遗憾，我还有两天就回国了。"

其实莫小晚没有计划回国，只是她的旅行并没有想过要和谁一起结伴。

"真巧，我也就两天的时间。"杨煦直视她的眼睛，那一刻，莫小晚的心有点儿慌。

第二天，莫小晚想要早点儿离开酒店的时候，杨煦已经在大厅等着她了，他说："一起去奈良喂小鹿吧，之后我们去一家寿司店，那家的樱花卷你一定要尝尝。"

莫小晚讪讪地笑，只能一同前往。

她没有想到杨煦不仅是欧洲通，连日本也很了解，大街小巷他都轻车熟路，而且每到一处都能告诉她这里的发展和演变，比她独自旅行收获太多。

见到太美的景，她会支起画架画起来。那时候杨煦就默默站在一旁，看她画画。

莫小晚觉得，他其实是一个不错的旅行同伴。

等看完杨煦相机里的照片，莫小晚便起身准备回房间。

杨煦送她到门口，莫小晚站定，笑着说："谢谢你带给我一天美好的回忆，晚安。"

杨煦扬扬手机："快没电了，能让我到你房间充一下电吗？"

莫小晚瞪着他："杨煦，这个借口有点蹩脚，不方便邀请你进来。"

杨煦笑了："警惕性挺高，不过我手机真的没电了。"

他把手机递给莫小晚看："真的没电了，一会儿我叫不了车，回不了酒店了。"

莫小晚迟疑。杨煦扶着她的肩膀轻轻往房间里推："我保证二十分钟就走！"

莫小晚只得作罢。

可是她不知道，这一幕被站在转角处的陈白看到了，此刻的他，心都碎了。

苏瑾不愿意告诉他莫小晚的行程，他就去求了余蓓蓓。他知道莫小晚跟余蓓蓓也有联系，虽然两个人面上总是互怼，但其实莫小晚挺喜欢余蓓蓓。

余蓓蓓撒了谎说自己也在日本，想要去找她，这才要来了莫小晚在日本的酒店地址。

陈白兴冲冲地赶到日本，莫小晚不在房间，他便在酒店等。一直等到晚上，没想到看到莫小晚是和另外一个男人回来。

陈白难以置信地望着她，迟疑地没有上前。

他看着他们在咖啡厅相谈甚欢，几乎头碰头，那种亲密让他的血都要凝固了。

一直到他看到他们进房间，他这才相信，莫小晚真的背叛了他们的感情。

他踉踉跄跄地走到便利店，买了一提酒，他坐在日本的街头，一边喝酒一边哭。

他觉得被全世界都抛弃了，他活到三十岁，一事无成，一无所有……他连心爱的女孩也守不住，他就是个窝囊废！他痛苦不堪，悲恸不已。

他早知道自己不是莫小晚理想的对象，她喜欢的人应该超凡脱俗，而不是他这样市侩又庸俗的男人。所以，她将婚礼延期；所以她在涂暮瑶出现后，转身就走；所以，她可以一生气就不跟他联系。

他曾经以为，他平了山海终于能和她在一起，但原来，她一直都在云端。

5

文曦拿了文件来找苏瑾："苏总，这是您上次要的建中烂尾楼项目的评估书，这个项目停工完全是因为当时没有拿到合法的审批流程，现在应该是经过一番运作才能够重新开工。"

苏瑾翻看着她交上来的资料，一惊："建中集团的这个楼已经抵押给银行了？"

"是的，银行一直催他们还款，否则就要拍卖出去了。"

"那即使这栋楼修好了，也要先偿还银行贷款，到时候，投资者拿到的钱会非常少，甚至根本不够他们投入的本金。"苏瑾终于明白，为什么建中集团要把项目分包出去了，他们早知道建好大楼也是亏损，压根不想再往里面投钱。

苏瑾看了看时间，已经下班了，她收起资料："你下班吧。"

"这么早？"准点下班，文曦有些不适应。

"那你就顺便加个班吧。"

文曦使劲摇头："我得去做个头发，要不真要被人喊白骨精了（白领骨干精英）。"

苏瑾微微一笑。

"那你呢？约会？"

苏瑾点头："是打算去找他。"

文曦说："苏总，我发现你最近好像对顾铮哥有点儿上心了。"

"可是，"苏瑾苦涩一笑，"我发现我不太会谈恋爱……"

"你们吵架了？"

"有点儿别扭。"

"这是好事呀！"文曦推了推鼻梁上的眼镜，"恋人之间的正常状态就是相爱相杀！"

苏瑾笑了："古灵精怪。"

"真的，"文曦说，"吵完架，撒个娇，哄一哄，对感情是一个升华。"

"那，怎么哄？"苏瑾的脸微微地红了。

"这还不简单。"文曦假装摇着手臂，娇滴滴地说，"别生气了，人家不是故意的……"

"打住，这种不适合我。"苏瑾鸡皮疙瘩都要掉一地。

"那，来个猛的！"文曦又开始手舞足蹈地演，"二话不说，上前就抱住。"

"文曦，能不能找一个可操作的？"

文曦叹了口气："好像刚才的两种确实不太适合你，那你就给顾大哥做顿饭吧，只要是你亲手做的，他一定会喜欢！"

苏瑾想了想，觉得这是个好主意。

苏瑾给顾铮发了条微信，让他下班后去她家，她说，你喜欢吃什么，我做给你。

顾铮秒回：满汉全席，会吗？

苏瑾看出顾铮的心情不错：等我。

但是苏瑾刚站起身，项目部的郭经理慌慌张张地冲进来："苏总，峰兴企业打来电话，单方面要终止合同！"

苏瑾一怔，不由得坐下去："你慢慢说，怎么回事？"

与峰兴企业的合作已经谈得差不多了，战略合作的协议也签订了，一直等着他们将第一笔服务费打过来，但他们迟迟没有消息。郭经理去交涉了几次，今天他们发了个书面函过来，要解除跟信汇公司的合作。

"他们怎么一点儿契约精神都没有？"文曦不满地问，"那撇开我们家，他们打算跟谁合作？"

"瑞安。"

郭经理刚说完，文曦就怒了："这个肇总是疯了吗？他这样明目张胆地撬客户，就不怕天打雷劈！"

苏瑾沉吟一下："去见安总。"

"现在？"文曦问。

"难道你要等他们签约了再去？"苏瑾对郭经理说，"你把瑞安公司最近的动向收集一下，在我到峰兴企业之前，发给我。"

"好。"郭经理小跑出门。

文曦跟着苏瑾到峰兴，却被告知安总不在，出差了。

苏瑾拿起手机打了个电话，没一会儿安总就打电话过来了："苏总，听市证监会许科长说你想到我家里拜访，没想到你跟许科长这么熟，要不我做东，请你和许科长一起吃个饭？"

"怎么敢让安总请客，由我来安排。"

"好好好，那就麻烦苏总来安排，我也想跟许科长多交流。"

"许科长说他今天正好有空，不过真不巧，安总好像出差了。"

"谁说我出差了？"安总打着马虎眼，"下面的人乱传。"

苏瑾跟安总约好以后，长吁一口气。

文曦冷哼一声：“这些人，还是得拿上级来压他们，要不个个都虚与委蛇。”

“我没猜错的话，这安总正跟肇总在一起呢。”

文曦一怔，明白过来：“他们峰兴终于下定决心跟我们解约，他还不盯紧点儿！这个人真是不择手段，太卑鄙了！”

“小人有小人的生存之道。”苏瑾笑了，“咱们只要找到破解的办法就行了。”

苏瑾猜测得没错，此刻安总在书房接了电话，这才回到客厅——肇易辉已经磨了他好几天了。

他收取的服务费确实比信汇公司低三成，而且他做的计划书也挺不错，安总挺犹豫。

肇易辉也看出了他的犹豫，更是铆足了力气说了很多跟瑞安合作的好处，并且对安总鞍前马后地招呼，带他去打高尔夫、看赛马、安排饭局……肇易辉通晓人情世故，吃个饭下来就好像把对方当成掏心掏肺的朋友。

所以安总才决定先不把服务费定金付给信汇公司，拖一拖，再考虑下。

安总接到许科长的电话有一些意外，但他背着肇易辉接了电话，又跟苏瑾约了今天的饭局。

“肇总，不好意思，刚才老娘亲自打电话，说有个家宴，今天晚上我得抱歉了。”安总笑容满面地说，“改天，改天咱们再聚。”

肇易辉直觉这个电话有问题，因为安总接电话的时间太长了。

“那要不我送您去？”

“不劳烦了。”安总摆摆手，做出一副送客的姿态。

肇易辉无可奈何，只得离开。

晚上，苏瑾见到安总，沉稳地说：“很抱歉，许科长我并没有约到，今天是我想务必跟您见一面。”

安总有些恼，面色也冷淡下来。

苏瑾待他坐好，直接将瑞安为别家公司做的上市项目拿给他看：“在这个项目中，瑞安公司将发行总量定得很高，但最后公司持股只有百分之二十，影响到大股东利益，所以公司股权之争非常厉害……”

苏瑾冷静沉重的分析，令安总的脸红一阵白一阵，末了，安总摸了摸头上的汗：“没想到竟然还有这么多学问在里面，是我目光短浅了。”

“看上去信汇公司的服务费是比较高，”苏瑾由衷地说，“但我们会根据你们公司的资产，做出更利于股东的上市方式。”

“苏总，在下真是佩服！”安总称赞不已，“肇总来找我谈，只是一味地给我们价格优势，但却没有给出我们最想要的东西。钱的方面其实是最不重要的，重要的还是上市以后公司的运作、发展。”

说着，安总就给财务打电话，通知他们将第一笔服务费打到信汇公司的账上。

苏瑾终于松了一口气。

等苏瑾回到家，见到顾铮，原本说好她做饭的，结果又是他已经把饭菜准备好了。

顾铮接过她手里的电脑包，看着她满脸愧疚的笑容，点了点她的脑门：“就算你道歉一万次，我也要罚你。”

苏瑾想到文曦的话，抬手抱住顾铮，用撒娇的语气说：“我知错了。”

顾铮捧起她的脸：“这还是我女朋友吗？让我撕开你的伪装！”

苏瑾的笑意更浓了：“你吃饭了吗？”

“是谁说要做饭给我吃？”

“肇易辉抢了我们客户，我今天不去找对方，他们就要签约了。”

顾铮心软了：“那个肇易辉，我真想再踹他几脚。”

苏瑾松开顾铮，后者却一把拦腰抱起她：“走，洗手吃饭。”

苏瑾刚想说吃过了，但看到一桌的菜后收了声，搂住顾铮的颈项：“你打算一直抱着我吗？”

“你有意见？”

苏瑾笑了。

顾铮抱着她洗手，又将她抱回到餐椅上坐下：“菜冷了，我去热热。”

可是等顾铮将热好的菜端回来，苏瑾已经困乏得趴在桌子上睡着了。他心疼地理了理她耳鬓的发，将她抱起来朝卧室走去。

苏瑾窝在他怀里，换了个舒服的姿势：“今天回去吗？”

“不回了。”

等顾铮把苏瑾放到床上，盖好被子，她拉住他的手：“谢谢。”

顾铮俯下身，吻了吻她的额头：“你知道的，我不喜欢听这句。”

苏瑾微微睁开眼，深情凝视着顾铮：“我爱你！”

顾铮情不自禁地心跳加速，将唇深深地压了下去。

我爱你，所有的温柔，都在这句话里。

Zhijian Hualiang
Yi Cheng Shang IV (Da Jie Ju)

第7章

命运很公平，因为它对谁都不公平

1

苏瑾接到莫小晚的电话，才知道她回来了。

“我在机场看到顾铮了。”莫小晚迟疑一下，又说，“他竟然在做机修师。”

苏瑾也是一怔，她知道顾铮调岗到后勤，但她竟然没有问他具体在做什么。

“顾铮真的不打算做机长了吗？”莫小晚惋惜地说，“他穿机长服的样子那么帅，怎么能说放弃就放弃呀？”

“给他一点儿时间吧。”

“可是江一辰的死只是意外，他怎么将自己的前途给断送了呢？”

苏瑾沉吟地说：“其实不管顾铮做什么，我只要他开心就好。”

莫小晚笑了：“小瑾，你现在的样子才像是恋爱中的人。”

“那你呢，跟陈白？”

“走了这么久，我想我们应该谈谈了。”

“那天因为不给她你的行踪，他气急败坏的样子，不是装的。”苏瑾沉沉地说，“小晚，如果认定了一个人，就不要再彼此折磨了，好好在一起。”

苏瑾去了顾铮的宿舍，在他的门垫下拿了钥匙开门。

当顾铮一回来看到出现在他面前的苏瑾时，他狂喜地想要冲过来抱住，但抬起的手臂在想到自己有油污的衣服时便停在了半空中。

苏瑾主动走到他面前，揽住他。

“脏——”顾铮有些不好意思地说。

苏瑾摇头：“不嫌弃你。”

顾铮终于环抱住她，柔声地问：“在这里看到你，简直就是赚到了。”

“那让你多赚点儿！”苏瑾踮起脚尖，在顾铮的唇上点了点。

两颗心都怦怦跳动，那份幸福感像四月的阳光，将房间充溢。

过了好久，顾铮忍不住说：“要不，等我去洗澡换衣服再来抱你？”

“去吧！”苏瑾一边推着他，一边说，“洗完澡出来吃饭。”

“你这样我好怕，小瑾，你告诉我，我哪儿做错了！”顾铮半开玩笑地说，“莫名忐忑呀！”

苏瑾嗔笑道：“我得学着怎么做人家女朋友。”

苏瑾走到厨房，系上围裙打开灶具，准备晚饭。她去超市买菜的时候才发现，其实她根本不知道顾铮喜欢吃什么菜，好像他们在一起，都是依着她的口味。想想，越发惭愧，自己不是一个合格的女朋友，她也暗暗决定，要有所改变。

顾铮脱下工作服时抬了抬手臂，觉得有些酸疼。原本调岗让他去做文职，可他觉得自己更熟悉飞机，所以选择去做机修师，机修师的工作烦琐辛苦，要做日常设备维修和临时故障抢修、设备检修，要负责机械设备维护保养和记录，还要配合飞机的设备改造、安装和调试……一天下来，已是疲惫不堪。

他希望能尽快恢复之前的状态，一有时间就去训练室进行体能器械训练，固定滚轮、转椅和旋梯等，这样的训练早令他对非自然运动的敏感度已经钝化，根本不会觉得眩晕，但只要坐到驾驶室，他就会产生手微颤、头眩晕的反应。

心理医生每个星期坚持给他做心理疏导，但只要问到关于那场意外的细节，他就会痛苦地紧张起来，这样的反应还达不到心理测试的标准，所以他恢复飞行的期限也在延长。

有时候顾铮想要说服自己，算了，放弃吧。可另一个声音又在辩驳，顾铮，你真的尽力了吗？江一辰看着你呢，他曾经把你当成假想敌，但原来你根本就不配做他的对手！

洗完澡，顾铮换了衬衣，拿着毛巾一边擦拭头发一边走出来。

苏瑾不由得怔住。那个十六岁的少年现在已经变得如此挺拔夺目，他的脸上退去青涩，变得轮廓分明，更加刚毅。

顾铮并不抬头，戏谑道："看够了没？"

苏瑾莞尔："并没有。"

顾铮走到她面前，食指抬起她的下巴："我最喜欢看你，沉醉在我无处安放的帅气里！"

"脸皮还真厚！"

苏瑾低眉垂目，羞赧的脸上有春风胭脂色，顾铮忍不住亲了亲她的脸，撒娇般地说："给我吹头发！"

"不要！"

虽然这样说，但苏瑾还是去拿来了吹风机，替顾铮吹干头发。

窗外，一场阵雨过后，天空渐渐放晴，暮霞的光带着晕黄的颜色从窗外洒进来，不知怎么，他们仿若都听到有古筝婉约的音韵，在空气中萦绕，令人荡气回肠。

但命运就是这样，会在你最幸福最甜蜜的时候，给你迎头一击，说它不公平吗？不，命运其实很公平，因为它对所有人都不公平。

2

余蓓蓓戴着墨镜走进一家便利店，想要买一瓶水时，有个男人站到她身后，故意用手臂蹭了蹭她的身体，余蓓蓓一转身对上对方躲闪的目光，就明白了。

“你干什么？”余蓓蓓气愤地说。

“我做什么了？”

男人觍着脸，目光像舌头一样舔了她一圈，令余蓓蓓气得哆嗦：“无耻，下流！”

男人眯着眼，笑了：“脾气挺大的，不过我喜欢，不如——”

“不如你个头！”余蓓蓓说着就一脚踩下去，男人抱着脚惨痛地喊起来。

“你你你……”他恼羞成怒，“今天看我怎么收拾你！”

说着男人就拽着余蓓蓓的手往便利店外走。余蓓蓓拿起包朝男人劈头盖脸地砸过去，趁着他吃疼的间隙，朝门外跑。

男人紧追过来，形势危急，在门打开的瞬间，余蓓蓓一头扎进一个怀抱，而后者来不及细想，本能地拦腰一把将她护在怀里，同时急速抓住她的手腕。

惶急之中余蓓蓓想要挣脱，却被一个温柔的声音制止：“是我。”

余蓓蓓抬头看着从天而降的秦棋，急得大喊：“救我！”

男人已经追到面前，见到秦棋，淡淡地说：“她是我女朋友，我们吵架了——”

秦棋恼怒地将余蓓蓓往旁边一推，上前拽住男人的衣领就朝他的脸上砸过去一拳，男人朝后摔倒过去，将垒得高高的啤酒塔撞翻，整个人狼狈不堪。

“你神经病呀！”男人大喊。

“敢冒充是她的男朋友，我看你不想活了！”

“你到底是谁呀？”男人骂骂咧咧地站起身，却不敢还手。

“睁大你的狗眼看清楚了，我是她男朋友！”

男人的气焰这下被灭掉了，结结巴巴地说：“对不起，我刚才跟她闹着玩呢！”

店主在旁边忍不住插话：“这一摊子你们谁赔呀？”

“他！”余蓓蓓和秦棋异口同声地指向男人。

男人铁青着脸，自知理亏，不敢反驳。

从便利店出来，余蓓蓓赶紧把眼镜戴上，这样好遮住眉间的疤痕。

“你怎么会在这儿？”余蓓蓓问秦棋，后者一阵尴尬。

“不会又跟踪我？”余蓓蓓气恼地抬起手作势要打他，看到后者缩着脖子躲避的样子，手轻轻地拍了两下，“不过，今天还是谢啦！”

秦棋喃喃地说了声：“对不起！”

“你应该去跟顾铮说！”余蓓蓓朝前走。

秦棋赶紧跟上去：“你要我道歉我就去道歉！但你别不理我……”

秦棋沮丧地说：“我想过了，真爱总是要等的，我等你！”

余蓓蓓瞪着他：“可我喜欢的人是顾铮。”

“一辈子那么长，我就不信你不会喜欢上别人，而我就是那个别人！”

“秦棋，别浪费时间了。”

“你怎么知道是浪费？”秦棋说，“人总要为爱犯些贱，做些傻事。”

说着，秦棋突然像演宫廷戏般，将一根柳条举过头顶，递给余蓓蓓：“我向你负荆请罪了，如果要我去向顾铮负荆请罪才肯原谅我，那我去！”

余蓓蓓拿过柳条扔到一边：“看你态度这么诚恳，算了！”

其实余蓓蓓没有告诉秦棋，刚才在他怀里，见到他的那刻，她的脑子里一阵呼啸，心好像被一股电流狠狠击中。

她得承认，那一刻的她，觉得他帅得简直不能用言语形容。

余蓓蓓带着秦棋出现在餐厅时，苏瑾和莫小晚交换了一个了然的目光。

“他非要跟着来！”余蓓蓓嫌弃地瞪了秦棋一眼。

秦棋看着在座的顾铮，闷闷地说了一声：“上次对不起了，是我误会了！”

顾铮耸耸肩膀，握住苏瑾的手，话里有话地说：“两个人在一起最重要的是彼此信任。”

余蓓蓓嚷起来：“谁跟他在一起了？”

听到顾铮的话，莫小晚和陈白沉默地别转了面孔。

莫小晚回来后去陈白家，发现涂暮瑶已经搬走了，可是陈白对她的态度极为冷淡，他说马上要去见当事人，匆匆忙忙地就走了。

他不给莫小晚打电话，也不回微信，这让莫小晚觉得，涂暮瑶住在这里的时候，他们之间一定发生了什么，所以他才无颜面对她。越想心里越冷，她也就不想再跟陈白联系。

今天的聚会顾铮约来陈白，苏瑾约来莫小晚，他们俩之前都确认过对方不在后这才答应见面，没想到一来才知道被骗了。

余蓓蓓把墨镜取下来，忧伤地指着自己眉心的疤痕：“我也不打算去整容了，这道疤是为顾铮留的，以后他一看到我，就会内疚自责。”

顾铮马上说：“并不会。”

秦棋附和：“我自责，我内疚！明明我就在你面前，怎么就让你受伤了呢？”

余蓓蓓瞪了他一眼，对苏瑾说：“你男朋友太没良心了，好歹我也是前任！”

苏瑾笑了：“那回头我替你收拾他！”

余蓓蓓抱拳作揖：“这才像话！”

说笑之间余蓓蓓也发现了陈白和莫小晚的别扭：“你们俩还没和好呢？”

陈白沉默地垂着眼，莫小晚赶紧转移话题：“你研究宇宙，得出什么结论？”

余蓓蓓被这个话题给吸引了：“人类实在太渺小了，在时间的长河里，那就是沧海一粟……”

莫小晚看着余蓓蓓侃侃而谈，但其实她一个字都没有听进去，她有很多的问题想要问陈白，但是他冷漠疏离的态度让她非常生气。

明明是他应该跟她解释照片的事，可怎么他还变得理直气壮了？

莫小晚心烦意乱，不小心将热汤打翻，陈白眼明手快地拿纸巾擦拭，急切地问：“烫到了吗？”

莫小晚赌气地想要把手抽出来，但陈白坚持握住她的手察看，另外四人都笑了。

“不要你管！”莫小晚冷冷地说。

陈白被这句话打击到，再想到他曾看到的一幕，觉得是自作多情了，黯然地收回手。

莫小晚掩饰着内心的失落，站起身：“我去洗洗。”

待她走后，众人示意陈白追上去。

陈白不愿意。

“你说你怎么这么别扭？”余蓓蓓恨铁不成钢，“哄女朋友最重要的三件事：脸皮厚、脸皮厚，还是脸皮厚！”

陈白抱着头，幽幽地说：“没用了！”

“你——”

余蓓蓓的话还没有落下，就看到陈白难堪地捂住脸，他哭了。

“我……我还是先走吧。”陈白难堪地起身，吸吸鼻子，“别跟她说。”

看着陈白落寞的背影，气氛被冻住了。

顾铮赶紧起身：“我去看看他。”

待莫小晚回来，没有见到陈白，也没有追问，只是她脸上的意兴阑珊，所有人都看到了。

等到苏瑾和莫小晚独处的时候，她还是对莫小晚说道：“陈白最近情绪相当不稳定，刚还哭了。”

莫小晚垂了垂眼：“他这是有多对不起我呀？”

“你们谈谈吧。”

“是他在回避。”

“涂暮瑶不是已经走了吗？”

“但他们还是做了对不起我的事。”莫小晚苦涩一笑，“小瑾，我不是一个眼里能容下沙子的人。即使我忍下了，但我也会每天觉得不舒服。”

“那你们？”

“分手呗。”

苏瑾正色道：“小晚，别轻易放弃，也许错过，就是一辈子。”

莫小晚心情复杂地重复了一遍：“一辈子。”

“别让自己有遗憾，去找他，问清楚。”苏瑾说，“他能为你流眼泪，这就表示他还爱你。”

莫小晚苦涩地笑了笑，自嘲地说：“年少的时候说一句我喜欢你，就可以在一起。但现在才明白，在一起不是我喜欢你的开始，也许就是结束。”

3

陈白和顾铮坐在烧烤店，他头顶乱发，眼窝深陷，面色青黑，整个人看上去瘦了许多。

“你们到底怎么回事？”顾铮问。

陈白把面前的啤酒往桌沿上一顿，将瓶盖启开，仰头就往嘴里灌。

因为喝得太猛，有液体从嘴边流出，而他咕噜咕噜，恨不得一口气将一瓶喝尽。

“陈白！”顾铮抢下他的酒瓶，急切地说，“别这样！”

陈白哽咽着：“如果三个人里面有两个开心，那也不错。”

“到底发生什么事了？照片的事你还没有跟小晚解释清楚吗？”顾铮问，“你是不是真的做了对不起她的事？”

陈白红着眼，拿起酒瓶又喝，这一次顾铮没有拦他。

看着这么难受的陈白，就让他一醉方休吧。

陈白没脸跟顾铮说他在日本看到了什么，又或者他想要替莫小晚守住这个秘密。

有时候他也想，那个男人没有跟莫小晚回来，也许就是她在旅行途中短暂的邂逅，他只要睁一只眼闭一只眼，就当这件事不存在好了。可是他做不到，他心里觉得难受、憋屈……

他从日本回来后就没回家，涂暮瑶到律师事务所来找他，看到喝得酩酊大醉的他，也是问他发生了什么事。他什么都不肯说，就是不停地喊着莫小晚的名字。

涂暮瑶气愤地质问他，当初不也爱她爱得要死，怎么现在对她这么冷酷无情？

陈白告诉她，有些感情早已经随着时光终结了，他放不下的是曾经的付出，他珍惜的也是那一段回忆，但他们之间没有办法重新开始。

涂暮瑶在听过他一番掏心掏肺的话后，终于失望地告诉他，她要回美国去了。

不过她自始至终也没有说她到底有没有得绝症，只是说如果他想要得到答案，就去美国找她。

“你别被她耍得团团转。”顾铮说，“涂暮瑶哪里像是生病的人？她不过是在经历很多的伤害后，怀念起最初的温暖，那根本不是爱，只是缅怀罢了。”

“我决定去美国找她。”陈白抹了抹脸上的泪，“没有我的纠缠，小晚也许会更轻松些！”

“陈白！”顾铮怔了一下，“何苦呢？你这样离开，跟小晚就真的结束了。”

“她不也是说走就走吗？”陈白苦笑，心里充满了痛楚，“感情这种事，真的勉强不来。有时候死追着不放，感动的不过是自己！”

“小晚对你有感情。”

陈白万念俱灰：“罢了罢了，我还她自由，一别两宽，好走不送，以后……江湖不见！”

顾铮看着喝醉的陈白，拿过手机给苏瑾打电话，让莫小晚接。

正在切牛排的莫小晚接了电话，赌气地说：“让他醉死得了。”

“他打算回美国了。”

顾铮的话令莫小晚心里一震，随即冷笑一声：“那恭喜他，有情人终成眷属。”

“小晚，你明知道他想要跟你在一起。”

“可他还是背叛了！”

“也许，也许只是一时糊涂，”顾铮说，“你原谅他一次，好不好？”

“决不！”她说完这句，将手机还给苏瑾。

苏瑾得知陈白喝醉，让顾铮先送他回家，她一会儿跟小晚过去看看。

余蓓蓓看着莫小晚，虽然她想要装得风轻云淡，一口一口地认真吃着牛排，但她眼里破碎的泪已经出卖了她此刻的心情。

一旁的秦棋忍不住说：“我怎么觉得气氛有点儿怪怪的？”

余蓓蓓在桌下踢了他一脚，他赶紧闭嘴。

“小晚……”许久以后，余蓓蓓忍不住开口，“去看看陈白吧，万一他真有事。”

“对对对！”憋着不能说话的秦棋赶紧附和，“买卖不成仁义在！”

余蓓蓓再踢他一脚，他及时地躲开了。

“去看看他吧，”苏瑾说，“我陪你去。”

这一次，莫小晚没有反对。

等苏瑾和莫小晚到了陈白家，他正在耍酒疯，在家里又唱又跳，好不闹腾。

“陈白！你给我老实点！”莫小晚大喝一声，吓得陈白一个激灵，朝窗帘后面躲了去。

莫小晚哭笑不得：“你给我出来！”

顾铮揽了揽苏瑾：“交给她了，我们走吧。”

苏瑾坐在顾铮的车里时，还能闻到酒精的味道，她微微蹙眉，顾铮已经将车窗都打开了。

“小瑾，”顾铮伸出手握住苏瑾，“前些天我还在生气你为什么不吃醋嫉妒。”

苏瑾笑了，反问：“真的生气？”

“可是现在觉得，其实感情里那些伤害，那些小吵小闹，那些嫉妒和猜疑，都是通往世界大战的桥。”顾铮停顿了一下后道，“我们还是不要吵架了。”

苏瑾沉思道：“小晚跟陈白，他们真的会分手吗？”

“不知道。”

苏瑾幽幽地叹了口气，黯然地想，若不是因为小晚要将婚期延期，他们现在已经结婚了。

陈白第二天早上醒来的时候，口干舌燥，头痛欲裂，他看着床头柜上放着的一杯水，抓起来就喝，突然卧室门打开，他看着走到面前的莫小晚，吓得一口水喷出来，呛得直咳嗽。

“小……小晚，”陈白慌乱地问，“你怎么在？”

莫小晚脸一冷：“我这就走。”

陈白赶紧起身：“我不是……”话音还没落，因为着急，一只脚陷在被子里，没跟上节奏，从床上“咚”一声栽了下来，又疼得“哎哟”一声。

莫小晚一时担心，赶紧过来察看，等走近了才觉得自己过于关切，转身想要退开几步，陈白顺势抱住她的腿：“小晚，我们——”

莫小晚的心狂跳一下，整个人柔软下来。

此时她的手机突然响起来，她犹豫一下拿出手机，上面“杨煦”的名字赫然映入陈白的眼里，将他刚刚鼓起的勇气和冲动给戳破了。他缓缓地松开手，看着莫小晚走到外面接电话。

他听不清她说什么，但绵软的嗓音，已经令他痛彻心扉。

待莫小晚接了电话，再回到卧室，陈白还呆呆地坐在地上。

莫小晚问：“你刚才想说什么？”

“我们，分手吧。”

“陈白，你知道你在说什么吗？”

“难道这种话只能你说？”

“好！”莫小晚颤声地说，“你想清楚了就好！”

“不然呢？”陈白声音微颤，“我不想再做傻瓜。”

“跟你在一起的我，才是真正的傻瓜！”莫小晚气极，将他家的钥匙掏出来重重拍在桌面上，拿起包转身就走。她觉得自己昨天晚上照顾他，简直是多此一举。这个家伙昨晚又哭又闹，又吐了一地，她忍着恶心给换衣服擦拭，又哄他到末上睡觉，再收拾他的房间。

在听到他不停地喊着她的名字时，她心里是温柔的。

一直到深夜他才安稳地睡着，她这才发现以前他床头柜、书柜和墙面上她的照片都收起来了。

她望着陈白沉睡的脸，分不清他对她感情的真伪，为什么会在醉时哭着喊她的名字？为什么在她回来后一直躲着她？又为什么要把她的照片收起来……

但现在这些问题她都不想去问了，他最终还是选择了初恋，那她也不会为他伤心流泪了。

4

那个晚上，在顾铮送苏瑾回家的路上，苏瑾接到了梁叔叔的电话，说梁宏这么晚了还没回家。

“是不是去同学家玩去了？”苏瑾安抚他，“这么大的孩子不会有事，最多就是贪玩忘记了时间。您先给他相熟的同学打电话，我跟顾铮去附近的网吧和电玩城找找。”

挂电话之前梁叔叔又说：“小瑾，这几天我总是右眼皮跳……”

“没事。”苏瑾顿了顿，“等他回来我说说他，眼看就高三了，不能只顾着玩。”

挂了电话，苏瑾把情况跟顾铮说了下，顾铮将车头一转，朝着梁叔叔家的方向驶去。他们一路找过去，每家网吧和电玩城都找遍了，却一无所获。

找到最后一家时，一位工作人员望着他们说：“去四淮路看看，刚出来的新闻，一辆公交车擅自改道上了三环，没想到出车祸了。”

苏瑾的心骤然一紧，下意识地说：“他不会去四淮路，这不是回家的方向。”

顾铮抬手揽住她的肩：“要不，我们去看看？”

顾铮打电话给120急救中心，问了下公交车车祸受伤者被送去哪家医院，那边查了一下，告诉了他医院地址。他们赶紧朝着安民医院赶去。

这时候梁叔叔又打来电话询问，苏瑾怕引起他不必要的恐慌，只说他们还在找，没有透露他们去安民医院的事。

往抢救室去的时候，一言不发的苏瑾不小心踉跄一步，顾铮赶紧扶住了她。

她望了他一眼，那眼里含满了惊慌和害怕。

她在心里祈祷着，希望梁宏不在那辆公交车上，他只是贪玩才没有回家。

抢救室里忙碌地穿行着医生护士、病人家属、警察以及闻讯而来的记者……有呼喊声、哭声、呻吟声。看着这一切，苏瑾胆战心惊，她几乎站立不稳，拼命地攥住顾铮的手，让自己冷静点。

顾铮在向护士打听：“穿深灰色卫衣、牛仔裤、板鞋，身高一米七二……”

护士查找了一下，告诉他：“你说的这个男孩好像是被送来了，因为情况比较严重，现在在手术室。”

苏瑾急切地上前：“请帮我们确认一下！我是他的姐姐！”

护士深深地看了她一眼，放下手里的工作：“跟我走。”

他们去到手术室，护士请他们等待，然后把她从手机里调出来的照片拿到手术室，片刻后出来，苦涩地对他们点点头：“是他。”

“小宏！”苏瑾的心不断下沉，她深吸一口气，颤声问护士，“他怎样了？”

护士同情地望着她：“手术已经结束了——医生尽力了。”

苏瑾的脸顿时变得惨白，没有掉眼泪，那种绝望而无声的悲恸，却比号啕大哭更让人觉得凄然。顾铮扶住她，手不由得蜷缩起来，一个字也说不出来。

“孩子伤得太严重，颅内出血，做了开颅手术却还是没有止住出血点，”护士缓缓地说，“通知孩子的父母来见他最后一面吧。”

原来，命运最大的本事，就是轻易将人的一生置于功亏一篑的地步……

苏瑾在顾铮的搀扶下走进病房，此刻，单薄的少年身上插满了管子，在氧气罩下，他的脸苍白得像纸，药水和血浆滴落进他的身体，只是为了维系他最后片刻的生命。

“小宏！”苏瑾俯下身，噙满眼泪，“我给梁叔叔打电话了，他一会儿就到，你要坚持住……”

梁宏的眼珠微微转动，苏瑾忍住悲痛：“你想说什么？”

梁宏的声音虚弱极了，却是拼了力气地在喊：“妈……妈……”

苏瑾泪如雨下，心如刀绞，握住他的手：“爸爸就到了，你等等他。”

顾铮颤着手抚摸梁宏的脸：“小宏，你最勇敢了，你一定会挺过来的！”

“妈……妈……”

梁宏的声音让苏瑾的心都碎了，她捂着嘴不让自己哭出声来。

仪器提示梁宏的心跳在慢慢减缓，苏瑾惊恐地看着那数字从40、37、33……不断地下坠，她抱住梁宏，痛哭：“小宏，你不可以这样！你怎么能抛下姐姐呢？你是姐姐唯一的亲人了！”

梁宏的心跳急速地变成一条直线，医护人员过来检测，对他们摇摇头。

苏瑾看着十七岁的梁宏，难以置信从此以后就是诀别。那个鲜活的生命，那个喊着她“姐姐”，冲她笑，冲她闹的男孩，就这样猝不及防地离开了。

梁树民出现在病房的门口，他呆呆地看着躺在病床上被盖着白布的儿子，手里提着的东西落在地上。

“梁宏——”他喊了一声。

顾铮上前扶住梁叔叔，他的身体摇摇欲坠，整个人快要崩溃。

“叔叔，”苏瑾站起身，悲痛地望着梁树民，“小宏，他走了。”

梁树民眼前一黑，片刻后凄然地哭喊出声：“我的孩子呀——”

5

梁宏的葬礼是顾铮操办的，苏瑾在梁宏出事的第二天正常回到公司上班，因为一只基金正式发行，公司所有人都严阵以待，她必须出现，主持大局。

文曦并不知苏瑾弟弟出事的事，只是觉得苏总今天格外憔悴，她穿着昨天的衣服就到公司，看来昨晚没有回家。文曦小心翼翼地问："苏总，是不是发生了什么事？"

苏瑾轻缓地整理文件："去忙工作吧。"

电脑屏幕上有新闻弹跳出来，昨天的公交车司机因为着急下班，在拥堵高峰期擅自改道走三环线，没想到与一辆疾驰的卡车相撞，死亡人数七人，伤者二十五人。

苏瑾看着那则新闻，触目惊心的车祸现场，令她泪如雨下。

她想起很多事来，小时候的梁宏体弱多病，他吃了很多苦头，这才慢慢恢复了健康；刚回国的那些日子，梁宏跟她并不亲近，他怯怯生生，眼里的落寞根本就不像一个孩子；因为梁叔叔和李凤华的复合，更是让他受到继母的欺辱，每天过得惶惶不安。

她这个姐姐，为梁宏做了什么呢？除了给他转学，让他接受更好的治疗，陪伴却是少之又少。上次见他，他们之间还有些不愉快，她后来也没有抽出时间跟他好好谈谈。

有些事没有做，就再也没有机会；有些话没有说，就再也说不出来……等她想要去了解梁宏的时候，却发现其实自己对他的事知之甚少。

梁宏的葬礼结束的那个晚上，她昏沉地回到家，倒头就睡，她以为自己会失眠，却很快就睡着了。她梦见了母亲，梦见了梁宏，也梦到了梁玮……在梦里，梁宏和梁玮还是孩子的模样，他们在巷子里追逐玩闹，而母亲穿着漂亮的衣服，望着他们微笑。

她曾经觉得母亲嫁给梁叔叔后，为什么还要生孩子呢？他们每日在米粉店忙碌，收入却那么微薄，生孩子简直是不自量力，但后来她多庆幸，她有一个弟弟呀。

这个世界上，有一份血脉相连的亲情，就是一辈子也割舍不掉的牵挂。

可是梦里那些平静温馨的画面在醒转后，更是令人心碎，她望着黑漆漆的房间，紧紧地抓住被褥，哭出声来。

这还是梁宏去世后，她第一次让自己的情绪宣泄出来。

无论是在医院，还是在葬礼上，苏瑾都克制着自己的悲伤，将情绪收拢起来，她要打起精神来应对很多事。

公交车公司成立赔偿小组跟家属沟通，但一直协商不下来，梁叔叔无心处理这件事，对他来说，多少赔偿都弥补不了丧子之痛。

这些交涉的事由苏瑾出面，只是在和那些悲痛的家属一起时，她会有些恍惚。

Zhijian Hualiang
Yi Cheng Shang IV (Da Jie Ju)

第8章 我们还有时间来弥补遗憾吗

1

秋已至，但整个城市依然郁积着闷热。

等苏瑾准备下班时，看着窗外已经风起云涌，天昏地暗——一场暴雨即将来临。

“热了这些天，下过这一场雨，应该会凉快些。”文曦看着苏瑾落寞的背影，欲言又止。

她知道苏总弟弟出事的事了，也就是那个时候她才知道苏总的父母早逝，心里对她更是敬仰。有些人被命运暴击不愿意还手，自暴自弃，有些人却会勇敢地站起来，活出自己的样子。就像现在的苏总，她心里一定难过，但她每天还在处理那么多烦琐的工作，将那些悲伤和压力统统忍住。

有天她在茶水间听到同事议论苏总，说她太“刚”了，弟弟出事竟然像个没事人一样。

文曦气坏了，忍不住反驳他们，苏总要独当一面，她怎么可以像一般女人那样哭哭啼啼，怨天尤人？这不代表她不难过，不痛苦，就像那些爱笑的人，也许他们把悲伤都藏起来。还有那些爱睡的人，也许他们只是把孤单给藏起来。

看到这样坚强的苏瑾，更令文曦心疼，好在，她还有顾大哥。

文曦觉得苏总和顾大哥的爱情满足了她对爱情所有的幻想。

两个人那么般配、默契、妥帖……只是站在一起，就已经赏心悦目。

文曦正在愣神，苏瑾转过身，对文曦说：“最近投资分析数据增长不是很好，明天开会做个复盘，你让他们准备一下。”

文曦点点头，想起什么似的说：“对了，肇易辉跳槽到华盈投资去了。”

这令苏瑾有些诧异，询问地望着她。

“肇易辉被瑞安董事局降职，他应该是很不满意这样的安排，才会出走华盈。”

“华盈最近也是人事变动，他过去就要参与到派系斗争中，应该会很想出头。”

“他那种卑鄙小人一定是跟华盈谈好条件才会过去，他的突然出走让瑞安的股价都跌了百分之十，瑞安的人应该都恨死他了。”文曦笑起来，“跟我们打了几仗，他都是手下败将。”

苏瑾沉吟道：“以后我们又多了华盈这个劲敌了。”

苏瑾下班后去探望梁叔叔，葬礼后他们一直没有碰面，梁宏放在她那里的一些东西她准备拿回去给他。

敲了许久的门，都没有人来开门，苏瑾试着推了推，门没有锁。

屋子里弥漫着酒精和浑浊的味道，梁叔叔躺在沙发上，眼睛望着天花板，嘴里念念有词。旁边横七竖八地倒着酒瓶，垃圾随处可见。

苏瑾把窗户打开透气，扶着梁树民坐起来："叔叔，您吃饭了吗？"

梁树民的眼里布满血丝，目光呆滞无神，他喃喃自语着："小宏，快睡觉，玩游戏熬夜，一会儿病又复发了。"

"梁叔叔。"苏瑾轻声唤他。

梁树民的目光这才慢慢聚拢，望向苏瑾，茫然地问："你是谁？"

"梁叔叔，你怎么了？我是苏瑾。"

"小瑾，"梁树民咧开嘴笑了，"你回来了。"

"不要喝这么多酒。"苏瑾不忍地说，"小宏在天有灵，会担心您的。"

"小宏，我的儿子——"梁树民像突然醒转一样，悲怆地喊了一声，"怎么说没就没了！"

苏瑾拧了毛巾来给他擦脸，可是他的眼泪像泉涌一样根本止不住。短短几日，他已经变得像古稀老人，整个人散发着枯木一样腐朽的气息。

"梁叔叔，我请个人照顾您吧。"

"怎么一个一个都抛下我呢？"

梁树民跪下去，痛苦得拿头撞地板，苏瑾赶紧抱住他的头："梁叔叔，您振作点儿！"

"梁玮没了，梁宏没了，两个老婆都没了！"梁树民的目光看着空气中的一处，对苏瑾的话置若罔闻，"我注定要孤苦终老吗？我是不是克星，所以我的老婆孩子都留不住……"

苏瑾的眼里蓄起泪来，这么多年她虽然跟梁叔叔关系很淡，但在心里早已经把他当成一家人，他老实、本分，甚至懦弱、无知，但这个人给了她母亲一份温暖，在心里，她始终是感激他的。还有梁宏，他尽心尽力照顾梁宏，梁宏就是他的精神支柱。

现在，精神支柱没有了，他整个人也垮了。

"小宏身体刚好一些，我想着这孩子应该没事了，可怎么偏偏就出事了呢？"梁树民咧嘴一笑，"儿子孝顺，知道我要过生日了，想要去给我买生日礼物……如果不是因为给我买礼物，他不会坐那趟公交车！"

"梁叔叔——"

"是我害死他的！都怪我，为什么要跟他说，我想要钓鱼？他是去给我买钓竿的呀！”

梁树民老泪纵横：“我还有什么晚年生活？我还钓什么鱼？我怎么就不跟他们一起死了呢？

“可我想着，我死了谁逢年过节地去看他们呀，谁给他们烧纸送钱呢？我得留着这口气，我得去给他们上坟！

“小宏给我托梦了，他说爸爸，我好疼，浑身都疼……我抱着他哭，却什么也做不了。

“家破人亡，我从来没有做过坏事，为什么老天爷要让我家破人亡？”

……

苏瑾默默地听着梁树民的自言自语，他这一生太苦了！今后的每一天对他来说，也许都只是重复痛苦，一直到老。

梁树民说了很久，才像刚发现苏瑾一样，恍然地说：“小瑾，你来了。”

苏瑾点点头：“梁叔叔，这些天我请个人来照顾您，给您做饭收拾……”

“小宏去世前跟你说了什么？”梁树民打断她。

“他喊妈妈。”

梁树民失望地点点头：“他想他妈了，可他怎么就不喊我一声……他是在怪我吧？怪我没有及时到医院见他最后一面，但你怎么不早点给我打电话，怎么不跟我说实话呀？”

梁树民放声大哭：“我还在家里收拾，我想着手术得住几天院，生活用品、换洗衣服、书本……我在家里耽搁了时间，所以我连我儿子最后一面也没有见到！我还没有听他最后一次喊我爸，我这心里难受呀！”

苏瑾咬住唇，潸然泪下。

“小瑾呀，你怎么不早点给我打电话呀？”梁树民泣不成声，“我一想到儿子走的时候，我竟然不在，我就恨我自己呀！”

梁树民突然抓住苏瑾的手，捏得她生疼。

“梁叔叔，您冷静点儿！”

“小瑾，你说你是不是故意的，故意不让我们父子见最后一面！”

“您喝醉了！”

“我知道因为李凤华的事你耿耿于怀，可小宏是你弟弟呀，他都要死了，你还拦着不要我们见面！葬礼上……葬礼上你一滴眼泪也没掉，我就在想，你对他到底有没有感情……”

“梁叔叔！”苏瑾听到他这么说，心里一惊，但想到他现在喝醉了，说的都是胡话。

“二十分钟，早二十分钟我赶到，就能跟小宏见一面了，也许他看到我去了，会坚持下去！”梁树民松开手，捶打自己，“儿啊，我想听你喊一声爸爸！”

2

苏瑾怀着沉重的心情开车来到顾铮家，此刻天已经全暗下来，疾风骤雨将整座城市都吞没了，苏瑾坐在车里，伏在方向盘上良久，良久。

肖琴从别人家串门回来，看到停在路边苏瑾的车，还以为她已经到家了，进门后对着楼上喊："小瑾，饿不饿？阿姨给你煮点儿夜宵。"

顾铮探出头："妈，小瑾不在。"

知道苏瑾的车停在门口后，顾铮赶紧打着伞出门，刚一打开门，冷风灌进来，让他举着的伞摇晃了几下。

他透过车窗看到苏瑾伏在方向盘上，心疼不已，赶紧敲窗。

苏瑾看到顾铮，打开门，走下车。

"怎么不进来？"顾铮揽住她，将伞大部分移向她。

苏瑾从梁叔叔家出来，没有目的地开了许久，等察觉的时候她已经将车开到了顾铮家门口。梁叔叔虽然说的是醉话，但依然让她觉得难过。

到了顾铮家，肖琴已经准备好牛奶和水果，关切地说："小瑾，你看你又瘦了，得多吃点儿。"

"谢谢阿姨。"

苏瑾接过牛奶，顾铮又接过去替她拿着。

"你的手……"顾铮低呼出声，"怎么回事？"

苏瑾低头，才看到手背上有几个被梁叔叔抓伤的伤口，破皮流血了。

顾铮拉着苏瑾到沙发上坐下，肖琴赶紧去找来碘酒棉签，他们围着苏瑾，关切不已。

苏瑾淡然地笑笑："没关系，不疼。"

"是猫抓的吗？"肖琴问，"要是猫的话得去打狂犬疫苗……"

"妈，不是要煮夜宵吗？"顾铮打断母亲，"我也饿了，给我们煮点儿面好不好？"

"还有莲子汤，我给你们盛一碗。"

看着母亲走进厨房，顾铮拿棉签蘸了碘酒，细细给苏瑾擦拭伤口，然后俯身吹了吹。

"怎么回事？"顾铮压低声音问。

“我去见梁叔叔了。”

顾铮有些讶异：“他……”

“他喝醉了，不小心。”

顾铮抬手抚了抚她的头：“下次我跟你一起去看他。”

苏瑾抬手揽住他的腰，低低地说：“顾铮，我今天晚上不想回家。”

苏瑾躺在顾铮的床上睡着了，临睡前她一直握着顾铮的手。

这样柔软的苏瑾令顾铮心疼，他知道她承受的东西太多了。

他在心里暗暗发誓，这一生都要护着苏瑾，为了她，他可以舍弃一切，即使粉身碎骨也在所不惜。

外面震天的雷声将苏瑾从噩梦中拽了回来。

她睁开眼，看到伏在床沿的顾铮，她的手被他握住，动了动，有点儿麻。

顾铮迷糊着醒来，看到她，摸了摸额头：“你有点儿低烧。”

“几点了？”

顾铮看看壁钟：“三点了，再睡一会儿。”

苏瑾歉疚地说：“你也去睡吧。”

“知道吗？”顾铮说，“你是第二次住我家。”

苏瑾知道他说的第一次，梁玮去世后，李凤华却将所有的怨气都撒到她身上，对她诸多侮辱，母亲却没有维护她。她也是这样，走着走着就到了顾铮家，她的心，远比她想象的还要依赖顾铮。

顾铮安抚地亲吻她的额头：“快睡吧，我就在这里守着你。”

苏瑾点点头，拉开被子让他躺过来：“顾铮，其实最近这段时间，我一点儿也不好……我觉得很孤单，害怕，不知道自己的努力是为什么，也不知道该怎么坚持下去。”

“小瑾，你已经做得很好了，不必太强求自己。”顾铮柔声说，“累了就歇歇，我这里，永远都是你的家。”

苏瑾不会宣泄自己的情绪，所有人都觉得她冷静理智，坚强无畏，她这么年轻却已经奋斗出让人羡慕的一片天，但她知道，那是别人对她的误解。只有顾铮，唯有顾铮知道，她心里的悲伤，她的沮丧、痛苦、孤傲和迷茫，而这样的她，他都用包容和温和的态度，守护到底。

遇到顾铮，苏瑾觉得，那是老天对她最后的慈悲。

凌晨，雨停了。

3

顾铮去要求重新做心理评估。

余蓓蓓知道后，赶过来给他加油："等一会儿结束后，我们庆祝你重新翱翔蓝天。"

顾铮有些无语："你怎么什么都知道？"

"别忘了我跟你曾是同事，这里有我的线人!"余蓓蓓得意地说，"我猜苏瑾都还不知道吧？"

"万一还是不通过呢？"顾铮深呼吸，"我不想在她面前丢脸。"

余蓓蓓瞪他一眼："这样秀恩爱不太好吧！"

"蓓蓓！"顾铮举起手来要跟她击掌，后者一脸嫌弃却还是重重拍打他的手。

"一次到位！"

"必须！"

顾铮进入测评室，一边做体能测试，一边接受心理医生的询问。

他在坐到模拟机舱准备的时候，闭上眼睛，在心里默默地对江一辰说：一辰，我现在才明白，人最大的敌人其实是自己，我想要战胜自己，不是为了证明给谁看，是想要让自己能够变得足够好，能够真正地成为一名合格的机长。

他的手放在启动按键上时，最初的紧张过后，慢慢变得从容不迫，应对自如。

他做到了！这段时间他一直在努力，在调整自己的状态，不断地训练，强迫自己去面对飞机失事的那个瞬间——

等心理医生给他写出"合格"字样时，他长吁一口气。

等他走出测评室，一直等着他的余蓓蓓腾地站起来，询问地望着他。

顾铮故作失望的表情。

"那个，"余蓓蓓安抚地拍拍他的肩，"还有机会。"

"算了，我觉得现在这样也挺好。"

"铮子，"余蓓蓓激动地望着他，"你怎么可以放弃呢？这样的你哪里配得上苏瑾？发生那么多事，失去那么多，可她一直坚强地面对，苏瑾——我都心疼她。"

顾铮一怔，刚想开口解释。

余蓓蓓继续说："你可以任性地选择你的工作和生活，那是因为你被宠惯了，但你这样对得起苏瑾，对得起江一辰吗？江一辰为了挽救飞机牺牲了自己，你却像个懦夫一样，选择了放弃飞机！我真是看不起你！”

顾铮被余蓓蓓的话气笑了：“我什么时候放弃了？我随时准备着牺牲……”

“别动不动就说牺牲，”余蓓蓓急了，“你还是好好活着，别再让苏瑾难过了。”

“知道啦！”顾铮揉揉她的头发，“我要先进行飞行训练，等到正式上机估计还得一两个月！”

“啊？”余蓓蓓知道自己上当了，却欢喜不已，“真的？你真的可以重新上机了？也不枉我专门来给你加油！看来我是你的幸运女神。”

“我觉得你倒是挺像我的吉祥物。”顾铮笑起来。

余蓓蓓追着他的脚步：“庆祝吧，我已经约了苏瑾和小晚。”

“苏瑾？”

“其实她知道你今天测评，只是装作不知道，怕给你压力。”

“那如果我没有通过呢？”

“她就继续装作不知道。”余蓓蓓停顿了一下，“还有莫荷，她也在等消息。”

“余蓓蓓！”顾铮抓狂，“你到底告诉多少人了？”

余蓓蓓举起手，扳着手指算：“一二三四五……十个指头都数不清。”

顾铮想了下：“可是，你怎么认识莫荷？”

“当初你在云来小镇的时候，是苏瑾打电话给我，让我找到莫荷的联系方式……”

顾铮恍然，所以莫荷来找他，跟他说了那些话，是因为苏瑾找过她。

“苏瑾还帮莫荷在老家安顿下来，并教她做投资理财。”余蓓蓓思忖了一下后道，“真是嫉妒你们俩的感情，都是默默为对方付出，却不说。”

余蓓蓓的手机响了，她慢腾腾接起来，对电话那边的秦棋说：“嗯，我是和铮子一起，吃饭？没兴趣。”

余蓓蓓挂断电话。没想到顾铮的手机又响了，是个陌生的号码。

他狐疑地接起来，一听才知道是秦棋。有一次，他看到余蓓蓓在给顾铮打电话，便偷偷记下了号码。

所以找不到余蓓蓓，他就打了顾铮的电话。

顾铮告诉他吃饭的地址，等他挂了，余蓓蓓抱怨地说：“干吗出卖我？”

“躲着他做什么？”

“谁躲着他了？”余蓓蓓瞪顾铮，“我只是觉得大家其实连做朋友都没必要。”

“如果你真的不喜欢他，”顾铮望着余蓓蓓，“干吗将他的铃声设置得与别人不同？”

“那……”余蓓蓓被戳穿心事，涨红了脸，“那是因为不想接他的电话！”

“可你刚才接了。”

“铮子！”余蓓蓓跺跺脚，“跟你说不清！”

“蓓蓓，”顾铮由衷地说，“你值得被珍视，所以不要害怕，大胆地去爱！”

余蓓蓓看着顾铮，幽幽地反问：“谁害怕了？”

前几天她订了返回加拿大的机票，就等着顾铮测评结束后离开。

为了怕行踪暴露，她连父母都没有知会，但没想到她之前订票留的父亲的手机号，预订成功的信息就发给了父亲。

父亲这才知道余蓓蓓要回加拿大了。

余蓓蓓在家里收拾行李，心里默默地浮现出秦棋的模样。

她没有对顾铮说实话，其实他猜对了，她就是在害怕。

她觉得自己还没有准备好去接受别人，也害怕和秦棋在一起后会受到伤害。他那张扬的性格总是在外面吸引到别的女孩来搭讪，她觉得自己没有办法去驾驭像个花花公子的他，也许他现在的追求不过是得不到的不甘，如果她答应了，那他就会弃自己如弊履。

她不敢去尝试，只能假装对他很讨厌，很嫌弃。

那天秦棋来找她，拿出一张证书递给她，说他为她摘了一颗星星。

他知道她喜欢天文，便通过国际天文联合会认购了一颗小行星，以他的名字命名。

“送给我，难道不应该以我的名字命名？”余蓓蓓有些无语。

“我这是把自己送给你呢，等你以后研究宇宙，一抬头就想着，有一颗星星是我的，它的名字叫秦棋。”

“别自作多情了，我不会想着你。”

“非要这么说话？”秦棋捂着胸口，做受伤状。

“那你就别听我说话呀！”

“可我就喜欢听你说话。”

“谁叫你喜欢了？”

秦棋急赤白脸地回答：“可我也拦不住自己呀！”

“我不要这颗星星！”余蓓蓓把那张证书往他怀里一塞，将他推出了门。

她靠着门平复自己的情绪，却发现自己满心欢喜，满脸笑意。

她已经习惯了秦棋的厚脸皮，习惯了他无处不在的表白，习惯了他出其不意的浪漫。她其实已经动摇了，但她不敢接受。

她觉得自己喜欢的人，应该是像顾铮那样的，对感情专一，对朋友明朗，对工作专业……是一个正直有为的年轻人。

而秦棋，就仗着家里有钱，瞎混着日子罢了。但现在看他这么认真，这么坚持，突然间觉得他也不是那么令人讨厌了。

4

顾铮到苏瑾公司接她，路过街口的时候，他看到花店，停下来选了一束花。

花店的工作人员指着明媚的玫瑰和百合，而他看到一束小雏菊，便请店员包了起来。他其实不怎么浪漫，很少送苏瑾鲜花，但他觉得，她会喜欢这种小而蓬勃的花朵。

然后他选了一束桔梗，包起来准备送给余蓓蓓。

收到礼物的余蓓蓓欢喜不已："铮子，算你有良心。"

"只是一束花而已。"顾铮看着她喜形于色的样子，"你到底有多久没有收到花了？"

"这还是我第一次收到你送的花！"余蓓蓓动容地说，"铮子，我发现自从我为你受伤后，你就对我好了许多！"

顾铮失笑："看上去你要赖我一辈子了。"

"看着你内疚，我怎么就这么高兴呢？"余蓓蓓大笑起来。

等余蓓蓓抱着花从顾铮的车里走出来时，等在门口的秦棋嫉妒地冲上去，抓住顾铮的肩膀，狠狠地推搡一把："你不是有女朋友吗？干吗撩别人的女朋友！"

"秦棋，你又发什么疯？"余蓓蓓气得发抖。

秦棋一把夺过她手里的花，朝地上扔去，还忍不住踩了几脚："我送你那么多次花，也没见你笑得这么放浪形骸！"

余蓓蓓把他一推："幼稚！无理取闹！你能不能正常一点儿，自然一点儿？"

秦棋被嫉妒冲昏了头脑，用蛮力抓住余蓓蓓的手："你知不知道你这是做小三？"

余蓓蓓气得埋头咬他一口，秦棋疼得一松手，作势扬手要打。

顾铮上前抓住他的手臂："有话好好说！"

秦棋红了眼，抬手朝顾铮挥过去一拳，顾铮用另外一只手接住。

没想到坐在秦棋车里的朋友还以为秦棋跟人打架，怕吃亏，当即从后备箱拿了一根高尔夫球棍就冲了上来，当场的三个人谁都没有注意。

只有刚从车里下来的苏瑾看到了，她来不及多想，眼看着棍子要落到顾铮的身上，她冲过去，用后背挡住了。

顾铮蒙掉了。

"秦棋，你给我滚！"余蓓蓓愤怒地喊，"我再也不想见到你！"

"我，"秦棋没想到苏瑾会出现，他还以为是顾铮和余蓓蓓单独约会，而顾铮告诉他他们吃饭的地址，不过是一种炫耀和挑衅。

他被嫉妒冲昏了头脑，他一看到她抱着花从顾铮的车里走下来，整个人都要炸掉了。她那么灿烂的笑容，何时对他绽放过？

他的朋友也没想到会是苏瑾挨了这一棍，他刚才的力道非常大，她应该伤得不轻。

“小瑾——”顾铮扶着疼得冷汗直冒的苏瑾上车，“我们去医院。”

余蓓蓓再也不看秦棋一眼，坐到后座上，揭开苏瑾的衣服，看着上面血紫一片，眼泪顿时落下来：“很疼吧？”

顾铮闷着头开车，苏瑾竭力地笑笑，对余蓓蓓说：“没事，不要紧。”

“怎么会不要紧？”余蓓蓓哭着说，“你的后背……好吓人。”

顾铮朝倒视镜看了一眼，秦棋的车一直不紧不慢地跟在后面。

秦棋铁青着脸，冲他的朋友嚷：“你这是干吗呢？谁要你多管闲事的？”

“这，不是怕你吃亏吗？”对方怯怯地扫了他一眼，嘟囔一声，“那男的还真是命好，她们都拼命护着他。”

这句话戳得秦棋更不舒服，把车当街停住，厉声道：“下车！”

“哎，别这样，你不就是想玩玩而已嘛。”

“下车！”秦棋暴喝一声。

对方赶紧拉开车门开溜。

秦棋后悔死了，他因为无聊才找了这个朋友一起打高尔夫，没想到会发生这样的事。看来余蓓蓓真的不会理他了。

顾铮和余蓓蓓把苏瑾送到医院，医生开了CT片子，检查结果没有内伤，是软组织受伤。顾铮看着医生给她的后背上药，心疼得拳头都要捏出汗来。

等他们三人走出诊疗室，看到秦棋倚着墙，像犯错的小学生一样站着。

余蓓蓓不看他，扶着苏瑾朝前走。

“苏瑾，”秦棋走到她面前，诚恳地说，“我就是暴脾气，但我不是故意的……”

顾铮冷冷地说：“请你让开。”

苏瑾的后背稍稍一动就火辣辣地疼，她尽量隐忍，但感觉自己的整个后背已经立不起来了。

“以后别这么冲动了，”苏瑾对秦棋说，“也别担心了，我没事。”

秦棋对着余蓓蓓欲言又止，而后者轻轻地掠过他，径直离开。

5

等他们回到西餐厅，莫小晚正在卡座上端着一杯咖啡，失神地搅拌着。

自从陈白回美国后，莫小晚也沉寂了，她在梁宏出事以后跟苏瑾见过一面，其他的时间就待在画室里画画。

莫小晚发现，她现在画的人像，最后在画板上呈现出来的脸总是很像陈白。

她气得把那些画统统都撕掉了。

回国后，杨煦还是频频跟她在微信上联系，有一次从北京过来找她，说要参加一个研讨会，但莫小晚查了下，根本就没有那个研讨会。

那一刻，她确定杨煦喜欢上了她。

她开诚布公地跟他谈了一次，告诉他，她有男朋友，而且他们快结婚了。

她没有告诉杨煦她其实和陈白分手了，她不想给杨煦希望，也不想让他误会。

杨煦回到北京，却依然在微信上跟她聊天，但她回得少了。

今天的聚会余蓓蓓跟她说了很久，她才答应，不过她因为专注完成一幅画，等看到时间已经迟到了许久。她迟疑一番，还是来赴约，没想到另外三人都不在。

苏瑾看着失魂落魄的莫小晚，安慰地握住她的手。

“小瑾，”莫小晚歉疚地说，“其实应该我安慰你，现在反而需要你的安慰。想想，除了生死，人生又有什么大事呢？”

“天要下雨娘要嫁人，由他们去吧！”余蓓蓓举着杯子宣布，“我明天要回加拿大了。”

“你也走？”莫小晚惊讶地问。

“意思是，你又要走？”余蓓蓓说。

莫小晚点头：“我接受了一所学校的邀约，去做美术老师。”

另外三人难以置信地望着她，顾铮忍不住说：“你行吗？”

“怎么就不行了？”莫小晚说，“教书育人，也是我曾经的一个梦想。”

“我怎么感觉是误人子弟？”余蓓蓓撇撇嘴。

“小晚，”苏瑾话里有话，“如果这真的是你的选择，那就去吧。”

莫小晚苦涩一笑：“有时候真由不得我选。”

“你们都走吧，以后回来我跟小瑾会尽地主之谊。”顾铮笑着说，“真没想到，你们一个去学了天文，一个去做了老师，这反转得给我一点儿时间去消化。”

“对了，铮子通过心理测评，已经可以重新上机了！”余蓓蓓说，“庆祝我们的铮子回到正常的轨道，也庆祝我们的分道扬镳！”

“什么分道扬镳？”莫小晚笑起来，“是天下无不散之宴席，但再相聚指日可待！”

正说着，莫小晚的手机响起微信提示音，她拿起来看了一眼又放下，接着又是一长串的声音，她皱了皱眉，将手机调成静音。

“谁这么不识趣？”余蓓蓓问，“追求者？”

“旅行途中遇到的朋友。”莫小晚淡淡地说。

“艳遇？”余蓓蓓半开着玩笑，“反正你跟陈白结束了，可以试试……”

“那你跟秦棋呢？”

余蓓蓓赶紧转移话题：“话说陈白都追到日本去找你，你也没感动吗？”

“他来找过我？”莫小晚一怔，不由得问，“什么时候？”

另外三人面面相觑，他们都知道陈白去日本的事，但因为莫小晚和陈白一直冷战，还以为他们当时在日本没有谈拢，所以谁也没有再提起。

“就是六月的时候，”余蓓蓓思索一下，“他求我给你打的电话，然后他拿着你的酒店地址就飞去日本了，那些天你住在大阪吧？”

莫小晚突然急切地说：“顾铮，哪天？具体是哪天？”

“什么意思？”

莫小晚似乎有些明白了。

顾铮回忆了一下，告诉了她具体的时间，机票还是他帮陈白订的。

莫小晚低下头，另外三人关切地问：“小晚，你怎么了？”

莫小晚抬起头来，却是笑得不可抑制，笑得眼泪落了下来。

“小晚，你别吓我们了！”余蓓蓓推推她，“是不是受刺激太深？”

“我真是受刺激了！”莫小晚咬牙切齿地说，“那家伙就是个蠢货！”

莫小晚把在日本的事告诉他们，杨煦到日本来开会，陪着她去了奈良公园，晚上又送她回的酒店。巧合的是，那天正好陈白到了日本，他应该是看到这一幕误会了才没有出现。

“所以你跟杨煦没有故事？”余蓓蓓八卦地问。

莫小晚瞪她一眼：“废话！”

“那我赶紧给陈白打电话！”顾铮惊喜地说，“这家伙真是痛苦得要命，为了你还把好不容易开起来的律师事务所给关闭，回了美国。”

莫小晚制止顾铮："别给他打电话。"

"误会都解除了，为什么不联系他？他肯定会立刻飞奔回来！"余蓓蓓急切地说，"你们俩也真是好事多磨，怎么就那天被撞上了呢？"

莫小晚没好气地说："能轻易被放弃的感情，有什么好遗憾？"

"可是——"

顾铮还想说什么，被莫小晚打断了，她苦涩一笑："他不敢来求证，不过是希望这就是实话，让他和涂暮瑶的和好，显得更理直气壮。"

那天晚上顾铮还是忍不住给陈白打了电话，在接通的时候，他听到他在电话那边喘息的声音。

顾铮一怔。

"在忙？"顾铮试探着问。

"嗯。"

"你现在和涂暮瑶在一起？"

"是。"

"那你，还打算回来吗？"

"回来干吗？"陈白失落地说，"我打算重新开始。"

顾铮停顿了一下："你和小晚有误会……"

话还没有说完，陈白已经抢先说了："以后咱们就不提她了吧，飞波士顿来找我。"

6

彼时的陈白失神地挂了电话，突然间悲从中来，差点要落下泪来。

原来，所有故作的坚强，都会在听到那人的名字时，土崩瓦解。

他始终没有放下，也从来没有遗忘。只是爱情，已经令他心灰意冷。

涂暮瑶在台阶上看到他，急急地喊："能不能跑几步？快迟到了！"

她的话将陈白拉回现实，他赶紧三步并作两步地朝前跑。他回波士顿已经一个月了，为了让自己振作起来，他开始积极地找工作，他想要进最好的律师事务所，即使是从小助理做起也可以，他不想再混天度日了，那样连自己也看不起自己。

现在的他和涂暮瑶只是很好的朋友，当然他也知道，她所谓的"绝症"就是个玩笑。他并不生气，他一直都宁愿这件事就是她撒的谎，她健康就好。

涂暮瑶对他说，她分分合合地谈了很多场恋爱，很累，想要安定下来，原本以为只要她放低姿态，他就毫无招架之力，但她没有她自以为的重要，而且在跟他"同住"了一些日子后，她发现她留恋的只是他对她的好，其实自己也没有那么喜欢他。

陈白跟涂暮瑶讲清楚以后，两个人都决定抛弃过去的一切，洗心革面，重新开始。

知道陈白急需一份工作，所以涂暮瑶帮忙联系，今天他来面试，却坐过站，然后一路狂奔过来。

"领带歪了。"涂暮瑶打量陈白，然后抬手替他整理，"给你的事务所资料记住了吗？他们事务所的合伙人、成功案例呢？"

陈白扑哧笑起来："好像紧张的人是你吧？"

涂暮瑶在他肩膀上拍弹几下，站远一步，满意地说："我真的很紧张，因为怕你一会儿哭。"

陈白和涂暮瑶相视一笑。

在走向会议室的时候，陈白在心里默默地说，现在的我，才懂得努力的意义，小晚却是那种什么都敢尝试，独立、有天赋、出色又不世俗的人。她的"嫌弃"是有道理的，他真的得用足够多的时间来弥补不曾努力的遗憾。

Zhijian Hualiang
Yi Cheng Shang IV (Da Jie Ju)

第 9 章

谢谢你，还愿意留下来

1

在三亚举办的“上市公司投资者关系峰会”，孟总带着苏瑾一同参加。因为有三百多家企业到会，也是投资公司跟他们接洽了解的机会，所以很多都是投资公司的高层。

开了一整天会，坐太久的苏瑾已经因为后背的伤疼得脸色苍白，虚汗直冒。

医生建议她卧床休息，但这个会议很重要，她必须亲自来，即使答应顾铮会请假，但第二天她还是坐飞机来三亚了。

在机场的时候，她才给顾铮打电话，但他因为上了飞机，所以将手机调成了静音。

“你怎么了？”坐她旁边的孟霖辉察觉到她的异样，低声询问。

苏瑾苦涩一笑：“背疼。”

孟霖辉下意识朝她后背一看，白色的绸缎衬衣上被斑斑血迹渗透。

“怎么回事？”孟霖辉大吃一惊，赶紧拉起她，“受伤了还不吭声，你要我怎么说呢？赶紧回房间休息！”

“会议快结束了。”苏瑾低声说，“我不要紧。”

“衣服……衣服都脏了！”孟霖辉坚持，“现在我以上司的身份命令你，必须回房间休息。”

苏瑾无奈，只好收拾好资料起身，而孟霖辉怕她后背的血渍被人看到，贴心地用外套挡住，然后扶着苏瑾离开。

他一直送苏瑾到房间门口：“要是不舒服，明天的会议就别参加了。”

“真的没事。”

“我也不方便检查，要是很不舒服我就送你去医院。”

苏瑾感激地望着他离开。回到房间，她整个人趴在床上，休息了好一阵才慢慢地缓过来。

等她脱下外套，这才发现后背伤口布满了血渍，可她自己根本就擦拭不到，手一动，痛感就让她不由得皱起眉头。

拿着靠枕枕在后背上，苏瑾半躺着打开电脑，开始做会议总结。

正在这时，门铃响了，苏瑾打开，是孟总。

他举着一袋子药："也不知道哪种有用，都买了点儿，你自己看看说明书。我跟陈总说了，一会儿她来给你上药。"

苏瑾莞尔："谢谢孟总。"

"我刚见到肇易辉，他阴阳怪气地过来打招呼。"孟霖辉说，"之前几个项目都败给你，我想他心里窝着一肚子火，特别是被赶出瑞安公司，他一定会把这一笔算给你，你得防着他。"

"知道了。"

"我见他跟东华的冯总聊天，还拉着明氏的何总，他一向跟何总关系不好，这一次却是想通过他，搭上东华公司。你们跟东华的合作要加快进度。"

苏瑾点点头："肇易辉现在刚到华盈，一定会有大动作。"

孟霖辉凝视着她："资本市场瞬息万变，大意不得。"

"我会谨慎。"

"对了，"孟霖辉说，"你真的不再追究那6000万了？"

苏瑾神色一暗："我不想他这一辈子都过东躲西藏的生活。"

"这样也好，不跟那些破事纠缠，也是不给自己惹麻烦。"孟霖辉顿了一下，"苏瑾，你是我最看重的下属，我不希望你受伤。"

孟霖辉刚离开，门铃又响了，她笑着打开："孟总——"

面前的人故作不悦："我本来想给你惊喜，但看来让你失望了!"

苏瑾看着顾铮孩子气的样子，忍俊不禁，拉着他的手："你怎么来了？"

"今天轮休，就过来了。"顾铮看看腕表，"我只有三个小时，一会儿要赶回去，明天有飞行安排。"

"三个小时？"苏瑾又感动又心疼，"我明天也回去了。"

"可我想你了呀！"顾铮将她抱在胸膛，"也担心你的伤。"

"我没事——"

门铃再一次响了，顾铮不情愿地松开苏瑾，她打开门，是陈总。

她来替她擦药，看到房间里的顾铮，笑了："那就用不着我了。"

等她走后，顾铮才知道孟总给苏瑾买了药，又请旁人来帮忙上药，有些吃醋地说："有时候，我真想把你关在家里。"

苏瑾笑了，捏了捏他的脸："我怎么闻到一股子老陈醋的味道……"

"小瑾，"顾铮柔声说，"如果没有我，你会喜欢上怎样的人？"

“逻辑不对，”苏瑾说，“假设性问题都不存在。”

“我来替你上药。”顾铮从随身包里拿出碘酒、消炎药，闷闷地说，“用我的。”

苏瑾将外套撩起来，趴在床上，乖乖地让顾铮给她擦药。

看着她后背的血渍，顾铮心疼不已，俯下身吹了吹：“很疼吧。”

“疼。”

“看来还得疼几天。”

“你吹吹就好了。”苏瑾难得撒娇，话一出口，自己也不好意思地把头埋在了被子里。

顾铮继续吹了吹她的伤口，然后仰躺到她旁边：“小瑾，给我唱首歌吧。”

苏瑾的笑意更浓了，看着困乏的他，轻声哼唱起来：

Today I’m laughing the clouds away

今天，我微笑着看乌云向远处飘去

I hear what the flowers say

我听着花朵们的窃窃私语

Drinking a drop of rain

喝下了一滴滴的雨露

And I see places that I have been

我细细观察着我到过的每个地方

Things that I’d never seen

看着那些我没见过的东西

This side of the grass is green

草地绿油油地平铺在这大地上

Oh I can’t believe that it's so simple

我不敢相信对我来说

It feels so natural to me

这竟会如此简单，如此自然

If this is love then love is easy

如果这就是爱，那么爱很简单

Its the easiest thing to do

这是人们最容易做的事情

If this is love, then love completes me

如果这就是爱，那么爱使我完整

Cause it feels like I've been missing you

因为我日日夜夜思念着你

Oh this is love love love love

这就是爱情

……

顾铮在苏瑾的哼唱里慢慢入睡，苏瑾躺在他的身边，看着面前俊朗帅气的脸，抬手轻轻地抚过他的睫毛、鼻梁、嘴唇……

就这样待在他的怀里，让她忘记时间，忘记疲惫，也忘记那些悲伤。

她走过很长的路，越过山巅，蹚过大河，走过许多偏僻的小巷……千山万水，兜兜转转，但，谢谢亲爱的你，还愿意留下来。

2

苏瑾出差回来，抽了时间去看梁叔叔。

梁宏的事对他的打击太大了，他失去了生活的目标和动力，关了便利店，终日在家借酒浇愁。苏瑾请了人照顾他的生活，每天去给他收拾房间，准备饭菜，聘请的李阿姨给苏瑾打电话：“我觉得他有点儿不正常，你们带他去医院看看吧。”

原来梁叔叔每天在家里自言自语，又哭又笑，这让李阿姨有些害怕，苏瑾给她加了工资，她才勉强同意继续留下来工作。

苏瑾到的时候，李阿姨正在拖地，一见到她，就努努嘴：“又吐一地，也不肯吃东西，这样下去人迟早得废了。”

“辛苦你了。”苏瑾看着躺在沙发上颓废的梁叔叔，深深叹了口气。

“要说你这样的人真是难得，也就是个继父，一点儿血缘关系没有，用不着还管着他。”

她拿着拖布拖到梁树民跟前，湿抹布从他脚上过去，苏瑾想要制止的话生生压了下去。她心里已经盘算好了，另外请个人来照顾梁叔叔，工资高一点儿也没关系，只要有耐心和爱心。

苏瑾轻唤梁树民：“梁叔叔，今天带你去医院做个检查吧。”

梁树民昏昏沉沉地醒来，看到苏瑾，却显得很茫然：“你是谁呀？”

“梁叔叔，我是苏瑾，您身体不太舒服，我们去医院。”

“不去，不去医院!”梁树民突然惊惧地缩起来，抱着头，“我儿子，我老婆，全是去了医院就没回来！”

“我们只是做检查。”

“不要！”梁树民坚持，突然像是反应过来，“小瑾，你弟的五七要到了，给他多准备点儿新衣服，天气转凉，我怕他在那边冷。”

苏瑾垂了垂眼：“我知道了。”

茶几上放着梁宏的照片，他在照片里笑得那么灿烂，苏瑾不禁拿起来，轻抚过去。

“小宏其实最喜欢姐姐小瑾了，”梁树民喃喃地说，“他总跟别人说自己的姐姐是学霸，非常厉害，还把姐姐以前的书本保留着，说是护身符。”

苏瑾缓缓坐到沙发的一角，听梁叔叔说起往事。

“小瑾上大学的时候，家里穷，她妈希望她上师范院校，可小宏对他妈说，我不治病了，把钱留给姐姐上学。

“小瑾上大学放假不回来，他看到他妈偷偷抹眼泪，抱着他妈说，姐姐也许没有路费，我把攒的钱都给她。

“跟李凤华一起生活，真是委屈了小宏，有天半夜我听到他哭，他做噩梦了，在梦里喊：‘姐姐，你快回来！’”

……

苏瑾默默流泪，她从来不知道这些事，不知道在弟弟心里，她这个姐姐如此重要。上次他打电话希望她能到医院处理梁叔叔的事，而她拒绝了，所以梁宏才那么生气。他希望，在他无助和害怕的时候，姐姐能够陪在他身边。

梁叔叔絮絮叨叨地说着，李阿姨看着他，冲苏瑾指了指头，暗示她，叔叔的精神出现问题了。

苏瑾也很担心，便又说：“梁叔叔，我们找医生做个检查，很快就回来了。”

梁叔叔摇头：“不去……”

李阿姨说：“要不你改天再带他去吧，今天他喝了这么多酒，也不方便检查。”

苏瑾想了想，只得作罢，看看时间，站起身说：“梁叔叔，那我先回去了。您保重，有事就给我打电话。”

梁树民并不看她，把梁宏的书包抱到怀里：“我的儿呀，爸爸想你……”

苏瑾默默转身，只是才打开门，梁树民突然激动地冲过来，从背后狠狠推了她一把。没有防范的苏瑾一头砸下去，连滚了好几阶，一直摔到地面。

李阿姨追出来，惊叫着看着眼前的一幕，怕梁树民会对她不利，一边喊一边朝楼下跑。

苏瑾想要扶着墙站起来，却意识模糊，浑身乏力，担心醉酒的梁叔叔也摔下来，她喊了一声：“叔叔，小心！”

李阿姨带着人又折回来，这才手忙脚乱地扶起苏瑾往医院送。

李阿姨也有顾铮的手机号码，第一时间通知了他，但他关机了。等顾铮下飞机回拨过去，这才知道苏瑾受伤住院了。

李阿姨在那边说得心惊胆战：“我看他是疯了，你们赶紧送精神病院吧！”

顾铮来不及换下制服，心急如焚地驱车赶往医院。

直到看到苏瑾半靠在病床上，一手打着点滴，一手还在键盘上敲击，他的一颗心才稳稳落地。

“伤哪里了？”

他扳着苏瑾左右检查，后者见他一脸紧张，巴巴地说：“脚崴了。”

“只是脚？”

他去察看她的脚，才发现被纱布包了起来。

“你动动！”

苏瑾抬了抬脚：“没有伤到骨头，只是崴到了。”

“梁叔叔为什么要推你？”

“他喝醉了。”苏瑾小声说，“等他清醒，不要告诉他这件事。”

顾铮思忖了一下：“送梁叔叔到养老院去吧。”

苏瑾沉吟：“我也考虑过，他一个人住我始终不放心，而且总是这样酗酒，也没有人管着。可他现在不会离开家的……他放不下这个家。”

顾铮叹了口气，抬手揽了揽苏瑾，却感觉到她低呼一声。

顾铮在苏瑾头上摸到了鸽子蛋一样肿大的包块。他心疼地拂开头发察看：“等梁叔叔酒醒后，我来跟他好好谈谈。”

“顾铮。”苏瑾将脸贴在他手上。

“什么？”

“顾铮。”

“怎么了。”

“顾铮。”

……

我只是想确认下，你在，你一直都在，始终都在。

3

苏瑾在医院住了两天出院，因为行动不便，她只得让公司的副总胡总和文曦去东华集团洽谈合作的事务。

没想到这件事被肇易辉知道了。

“这么重要的事，那个女人竟然没去，她到底伤得多重？”肇易辉对曹秘书说，“你去打探一下情况。这个时候主帅不在，正好是我们偷袭的好时机。”

离开瑞安的时候，他将心腹曹秘书也带到华盈，所以当着他的面，他并不避讳对苏瑾的仇视。

而且很多事情，都是曹秘书去安排的。

比如之前她和峰兴老总要签订协议那天，是曹秘书安排人去梁树民的便利店捣乱，并将他打伤。他们就想看着她慌乱，最好是不去峰兴签署战略合作书。

可苏瑾根本就不受影响，还是去了，并且后来不管他怎么从中作梗、挑拨和诱惑，峰兴企业还是选择跟信汇公司合作。也就是因为他把服务费降得太低，被董事局诟病，他们觉得他管控风险的能力有限，才给他降职。

为了在瑞安站住脚，他付出了多少努力！他觉得自己失去瑞安的一切全拜苏瑾所赐，现在他到了华盈公司，一定要重整旗鼓，将她打败。

他打开手机，看着里面存着的几张照片，唇边露出诡异的笑容。

“这个杀手锏我得留到关键时候用！”

曹秘书好奇地瞅了瞅，他也不掩饰，直接把手机递过去。

“这不是KPCB的孟总和苏总吗？”曹秘书不解地问，“他们的合影有什么问题？”

“没有问题呀！”肇易辉笑，“但我要让它制造问题……”

在三亚开行业峰会时，肇易辉看到孟总和苏瑾一起离开现场，他还以为他们要私自去拜访某位大佬，偷偷地跟了上去。没想到看到孟总一路扶着苏瑾，两个人在苏瑾房间门口说话，他赶紧拿出手机拍了几张照片。

“你去伪造几页聊天记录。”肇易辉交代道，“还有他们的行程，有没有交叉点，总之要真真假假，扑朔迷离，这样才会有轰动性。”

“这能行吗？”

“KPCB中国区总裁跟下属出轨，这个消息应该会让他们的股票震一震吧？”肇易辉哈哈大笑起来，“信汇公司当初被KPCB收购，就是个特例，当时苏瑾都要坐牢了，KPCB垫资6000万给投资者，安抚了他们，这其中孟总得费了多少口舌呀？”

“难道他们真的……”

肇易辉无奈地摊摊手：“可惜他们还真没有什么关系。”

苏瑾不知道，在第一波以后，还有一波巨浪在前面等着她。

4

苏瑾出院回家后发现家里多了暖气片和加湿器，她望着顾铮笑："这才刚刚十月，你就准备让我过冬？"

"天气万一骤冷呢？"顾铮点了点她的鼻头，"最近你受伤太多，我不能再让你感冒了。"

苏瑾内心温暖，低眉笑："有这么贴心的男朋友，我不会感冒。"

苏瑾想起似的问："你最近见过范加林和凌子浩他们吗？"

顾铮沉默了。

"上次我给你的资料，他们看了吗？"

"给他们了，但也许作用不大。"顾铮淡淡地说，"别想太多，总有一天他们会明白。"

苏瑾知道范加林为什么不相信，他已经对她带着抵触心理，觉得她收集的资料、做的分析很有可能是假的。而且建中集团现在这个分包项目确实很抢手，已经被很多公司瓜分了。苏瑾知道顾铮心里不好受，毕竟那么多年过去，他们是心无芥蒂、一路走来的兄弟。

"我已经开始飞国际航班了。"顾铮怕苏瑾担心，告诉她这个好消息，"现在状态不错，连续飞行二十个小时也没有问题。"

"注意安全。"苏瑾由衷地说，"不管发生什么，都要想着我在等你。"

顾铮点点头。

苏瑾想了想，又说："如果，我是说如果再发生上次的事，能不能答应我，放弃飞机？我不希望你做英雄，我想，江一辰的家人也不希望。"

顾铮再一次点点头。

顾铮开始飞国际航班，变得忙碌起来。有时候一走十天半月，他们只能得空的时候用手机视频聊天。

很多时候，苏瑾拿着文件，一边看一边听顾铮给她分享那些有趣的人和事。

他们之间好像一直都这样，他说，她听，他闹，她笑……他风趣幽默，开朗活泼，而她永远是冷静理智的模样。

即使他们性格如此不同，但他们互相包容，彼此了解。

最美好的感情，不过是如此简单和单纯。

有天，苏瑾去找了范加林和凌子浩，请他们吃饭。

接到她的电话，他们都很意外。

她从来没有私下找过他们，而在他们心里，她也是一个冰冷的女生。

范加林和凌子浩都到了约定的地点，而苏瑾已经到了。

“范加林你喜欢辣，这家川菜很正宗，”苏瑾起身示意他们落座，“凌子浩，上学的时候我记得你总是带红糖糍粑到学校吃，我特意给你点了这个。”

范加林尴尬地笑笑：“苏总破费了，没必要在这么高端的餐厅请客。”

凌子浩开诚布公：“是因为建中公司的事吗？那件事过去也就过去了，大家立场不同，你要为公司规避风险，我们也不能强人所难。”

“并不是。”苏瑾说着接过服务员手里的茶壶亲自给他们倒茶，惊得另外二人面面相觑。

“我是为顾铮来的。”苏瑾举着茶杯，“其实顾铮很在意你们，现在你们跟他疏远，他虽然不说出来，但我知道他挺难过的。”

范加林和凌子浩沉默地交换了一个眼神。他们确实跟顾铮疏远了，并且刻意地回避他。有好几次他们在网上游戏里碰见，另外两人都匆忙下线，连招呼也不跟他打。他们觉得跟顾铮的距离远了，更何况是苏瑾。

“我知道上次是我表达方式不对，”苏瑾诚恳地说，“对不起——”

范加林和凌子浩“哗啦”站起来，涨红了脸，凌子浩说：“苏瑾，干吗这么严肃？我也没有生铮子的气，不过就是气你趾高气扬的样子，而他那么护着你，让我们挺心塞的。”

“其实你上次给的资料我们都看过了，”范加林停顿了一下，闷闷地说，“我只是不想承认你是对的，如果真的承接了这个项目，指不定就倾家荡产了。”

“如果你们有合适的项目可以给我看，我们公司也在扶持中小企业。”苏瑾由衷地说，“希望将来我们还可以继续合作。”

凌子浩笑了：“苏瑾，这么多年，我一直觉得你是块石头，硬邦邦的，但现在发现你也有温柔的一面，而这一面是被铮子激发出来的吧？”

苏瑾毫不掩饰地笑了。

“跟铮子闹别扭，是我们心胸太狭窄了，”范加林说，“不过见你们俩这么好，互相维护，处处为对方着想的样子真令人羡慕。”

笑谈之间，误会尽散。

有天顾铮飞国际航班不在，她去他家探望肖阿姨和顾叔叔，得知肖阿姨这几天血压偏高，便坚持带她去医院检查。

医生一测血压，高压达到一百九，立刻让她住院。

“我不住院，”肖琴为难地对顾知远说，“你又不会做饭，我不在，你一日三餐都吃不上。”

“吃饭的事你甭操心！”顾知远说，“这几天我请假到医院来照顾你。”

“这几天不是市里在大检查吗？这也不好请假，”肖琴站起来，“别住院了，我这老毛病吃点儿药就控制住了。”

“听医生的，住院！”顾知远没好气地说，“再这么倔，我给儿子打电话！”

肖琴一听，收了声。她最怕的就是影响顾铮的工作。

“顾叔叔，您不用请假，这两天我过来照顾肖阿姨。”苏瑾笑着说。

“这可使不得，你的工作比顾叔叔忙太多了，我一个人在这里没有关系。”肖琴虽然嘴上拒绝，心里却满是欢喜。她越发喜欢苏瑾，觉得她比以前更加温暖，或者是接地气。她总觉得儿子和苏瑾的这段关系，是儿子付出太多，而苏瑾一直是冷冷淡淡的态度，但现在苏瑾主动到家里来，帮她下厨做饭，与她说体己话，笑容也变多了。

性子变得开朗的苏瑾，让她很是满意。

在苏瑾的坚持下，还是由她留在医院照顾肖阿姨更方便些。

她让文曦把工作往后安排的时候，文曦还以为她又住院了，得知是顾大哥的母亲生病，文曦也倍感意外。一心只有工作的女强人，现在也开始为爱人有所改变。

苏瑾在医院里照顾肖琴，细心周到，旁边病床的人还以为是她女儿，肖琴自豪地说：“我儿媳妇！”

苏瑾娇羞不已，但面对这个称呼，她的心怦怦狂跳。

5

圣诞节的时候，余蓓蓓的高中同学有一场聚会，她从加拿大回来。没想到刚进家门，就听到母亲打来电话，说秦棋飞去加拿大找她了。

余蓓蓓挂了电话，“哧”了一声，这家伙还敢出现呀？

自从上次他的朋友伤了苏瑾后，她就再也不理他了，很快就飞回加拿大，继续学业。有时候她抬头看着夜空中的星星，会不由得想起秦棋送她的那颗来，她拍拍脸，不许自己再胡思乱想。

余蓓蓓的同学会在圣诞节前一天，她去待了一会儿，觉得意兴阑珊，好没意思，早早地离场。她走在马路上，觉得形单影只，拿起手机给顾铮打电话，约他们过圣诞节。

顾铮直接把她拒绝了：“你没有别的朋友吗？为什么非要在这天掺和一脚？”

余蓓蓓不满地嚷嚷：“那我就给苏瑾打电话，她会欢迎我的。”

“改天补请一顿大餐！”

“不够！”余蓓蓓喊道，“至少要十次！”

“我不接受你的敲诈。”

“那，挂电话吧！”

顾铮逼于无奈，只得妥协。

余蓓蓓挂了电话，觉得有些落寞。她突然间意识到，她飞回来，其实不是为了参加同学会，而是一个想回来的借口。

她想也许会见到秦棋。

这个家伙从她回加拿大后就没有联系过她，当然，她把他的电话、微信、邮箱都删除，表达出了跟他绝交的态度，但如果他真的想要找她，一定可以。

圣诞节，余蓓蓓决定对自己好一点儿，她一个人去逛街吃大餐，看着满大街成双成对的，她撇撇嘴，心里好不酸涩。

苏瑾得知她回来，约她吃晚饭，她叹了口气：“我要是出现，你家峥子会用目光谋杀我。”

拒绝了苏瑾，她百无聊赖，还是决定回家。

没想到在家附近竟然看到好些人围在一起，这种热闹余蓓蓓一向不会去参与，可今天她太无聊了，挤到了人堆里。

一个穿棉服的女人抱着膝盖倒在地上大喊：“哎哟，疼……”

一看她夸张喊叫的样子就是做戏，再定睛一看，旁边站着慌乱的秦棋：“我现在就送你去医院！”

秦棋不是去加拿大了吗？怎么转眼就飞回来了——余蓓蓓的心突然像被水洗过一样，明亮起来，又像是吃了一颗润喉糖，连嗓子眼都变得甜腻。

“怎么回事？”余蓓蓓挤到中间。

秦棋一看到她，一半惊喜一半胆怯，脸色瞬息万变，低声地说：“我撞人了。”

“报警呀！”余蓓蓓扫了躺在地上堵塞交通的女人一眼，“交给警察来处理，真有伤该怎么赔怎么赔，如果想讹人，那我们也奉陪到底！”

“谁讹人了？”躺在地上的女人叫嚣，“咱们去医院，我头疼胸闷浑身都不舒服，我要做全套的身体检查！”

秦棋拉了拉余蓓蓓：“算了，看能不能私了。”

“那你要多少钱？”余蓓蓓问。

“三千。”

余蓓蓓咂巴咂巴嘴：“倒是不多。”

余蓓蓓又问秦棋：“你到底怎么撞上她的？”

“我下车，开车门的时候没注意，她的电摩托车就撞上来了。”

余蓓蓓看了看秦棋那辆玛莎拉蒂，车门上果然有个凹陷的印子，她笑了：“赔你三千可以，但你得赔我们三万，除开这三千，你就给我们两万七。”

那女人一怔。

“交警来处理，顶多我们是违章停车，罚两百块，但我们车都停好了，是你撞上来，那责任在谁呢？你知道这辆玛莎拉蒂多少钱吗？四百万左右，我们付你医疗费，你是不是也该付我们修车费？”

女人开始强词夺理：“我的车也坏了！”

余蓓蓓看她倒在地上的电动车，淡淡地说：“你赔我们维修费，我给你买辆新车！”

“有钱了不起呀？开豪车就能欺负人呀！”女人干脆仰躺在地上，呼天抢地，“撞了人还要我赔钱，真是没有天理！”

女人的话引起了群愤，被周围的人指责，秦棋更加慌乱，他哪里见过这种阵势，赶紧掏出钱包准备花钱了事，余蓓蓓气他这个样子，把钱包整个抢走。

然后余蓓蓓拿起手机随便按了个号码，假装说：“妈，给我准备一百万，我要撞个人！”

女人吓得一打挺儿起身，又矫健地朝后退了几步，虚张声势地说：“你们……你们都听到了，有钱就欺负人！”

余蓓蓓很严厉地看着她：“我看你摔了跤，确实有点儿皮外伤，给你三百！”

女人想了一分钟，终于怯怯地问：“能不能五百？我的车，确实是坏了。”

余蓓蓓打开秦棋的钱包，看到里面自己的照片，心里一怔，然后抽出五张人民币递给了那个女人：“因为别人比你有钱，就该被你讹吗？我专治你这种病！”

等人群散去，余蓓蓓把钱包丢还给秦棋，径直朝前走。

秦棋赶紧追上去，怯怯地喊了一声：“蓓蓓。”

“平日里不是挺横的吗？关键时候就弱了？”

“我这不是好男不跟女斗吗？况且她那个撒泼打滚的样子，我确实没办法对付。”

余蓓蓓想想也是。

“多谢女侠仗义相救！”秦棋抱拳。

余蓓蓓不理他，走得越发快，他干脆从背后一把拦腰抱住她。

“松开，你有病吧？”

秦棋委屈地说：“对，我有病，但你是我的药。”

余蓓蓓心里一软。

“我去加拿大找你，却得知你回国，我又马不停蹄地赶回来。”秦棋两手交扣，把她抱得更紧，“二十四个小时，我一直在坐飞机，感觉这辈子再也不想坐飞机了。”

“我知道错了，蓓蓓，我再也不乱吃醋瞎猜忌了，只是……只是一看到你跟顾铮在一起，我整个人瞬间就不好了！

“看到你冲他笑，看到你专注地望着他，看见你为他做那么多事，我真的，都要抓狂了！告诉我，我哪里不好？只要你不喜欢的地方，我都改……”

余蓓蓓抿着嘴笑了：“那先把你钱包里的照片还给我！”

“不！”

“那张丑，我换张好看的！”

“啊？”秦棋一怔，然后狂喜地扳过她的脸，“你真愿意？”

“没有我罩着你，我看你处处受气，以后受气，也只能是我气你！”

秦棋欢喜地点头："那我们结婚吧！"

余蓓蓓哭笑不得："这也太快了吧，我们刚刚才把友谊升华。"

"结婚吧，我已经等不及了。"

余蓓蓓想了想："如果你有戒指，那我就嫁给你！"

秦棋得意地从西装胸兜里掏出戒指盒，取出戒指盒子一扔就往余蓓蓓无名指上套："这可是你说的！"

余蓓蓓的手往后面缩了缩："哪有人随身带着戒指的，你是不是逮着谁就准备求婚？"

"戒指买了很久了，但这个尺寸是你的专属。"

余蓓蓓挣扎的手停了下来，她在想，那就赌一把吧，别想那么多，万一会很幸福呢？还不如早一点儿开始。

Zhijian Hualiang Yi Cheng Shang IV (Da Jie Ju)

第10章 乍见的欢喜，却是潦草的结局

1

余蓓蓓跟秦棋刚宣布要结婚，日期就定下来了，他们全身心地投入到筹备婚礼之中，当顾铮再见到余蓓蓓的时候，发现她眉头处的疤痕已经没有了。

“我去做了激光去疤。”余蓓蓓豪气地拍拍顾铮的肩膀，“谢天谢地，我不是那种一条路走到黑的人，现在我要开启新生活模式了。”

顾铮含笑望着余蓓蓓，由衷地说：“必须要幸福哦！”

余蓓蓓点点头，等她别转面孔，已经看到朝他们走来的秦棋，她无可奈何地跟顾铮挥挥手：“我得走了。”

顾铮和秦棋颔首打了个招呼，便擦肩而过。

秦棋已经宣示主权地揽住余蓓蓓：“以后不许你单独见他。”

“都说了我只是过来送请柬。”

“可我已经在停车场等了你一个小时。”

“拜托，我也曾在航空公司工作了几年，这么多同事要挨个儿送请柬，能不需要点儿时间吗？”余蓓蓓还是不太适应秦棋的黏人。他就是那种分分钟要知道她在哪里，她在做什么，一天要打无数个电话，稍微晚一点儿回复都会满心委屈的人。

余蓓蓓觉得他就像个心智没成熟的孩子。

“婚礼后，你别回加拿大了。”秦棋把玩着她的头发，漫不经心地说。

余蓓蓓收住脚步，推开他，正色道：“我没有想过回来。”

“啊，难道我们刚结婚就分居。”秦棋不由得说，“嫁鸡随鸡嫁狗随狗，你不应该跟着我吗？”

“什么鸡和狗，”余蓓蓓瞪着他，“我的学业还没有结束，我好不容易才找到自己喜欢的事，不会就这样放弃。”

“可我不能在加拿大长期滞留——”秦棋可怜兮兮地望着她，摇晃着她的双手，“为了我牺牲一下，好不好？好不好？”

余蓓蓓缓了缓语气：“那我想想吧。”

秦棋却觉得不安心，生怕有变故，抬手拥住她。

“你别这样，”余蓓蓓挣扎着朝四周看了一眼，“这里有我曾经的同事。”

“那你还想我怎样？”秦棋轻声低喃，“我就想和你在一起。”

对于秦棋的耍赖，她感觉自己被威胁，变得心烦意乱。

她没有想好到底要不要回国，迟疑中给莫小晚打电话讨教。

莫小晚听她说完原委，淡淡地说：“那你问下自己，如果是顾铮这样要求，你会同意吗？”

余蓓蓓一怔，她为心里的答案胆寒。

她的沉默让莫小晚也清楚了答案，叹了口气：“那你再想想到底要不要嫁给秦棋，不是因为你孤单的时候他恰好在，也不是因为你被他的执着感动，是你到底爱不爱他。”

余蓓蓓苦恼地说：“许久不见我也挺想他的，和他在一起也觉得甜蜜，这不是爱吗？”

“那得问你自己。”

“小晚，”余蓓蓓试探地问，“婚礼还有一个星期，我逃婚，是不是不太合适？”

“你觉得呢？”莫小晚思忖一下，“你跟他谈谈吧，要不婚礼暂缓一下。”

余蓓蓓幽幽地说：“所有恋情的结局不是分手就是结婚，我以为结婚就是水到渠成的事，但也许我真的太冲动了。”

2

莫小晚此刻在画室画画，学校画室的窗栓坏了，风灌进来，令她又冷又饿，瑟瑟发抖。

她把手机打开，果然，里面有无数条来自杨煦的微信和未接电话，下一秒她赶紧把手机关了。

她不敢回家，因为杨煦在她家附近徘徊。

即使她已经跟他说过很多次，她只把他当朋友，杨煦却执着地认为，她是在考验他。

其实从杨煦去日本找她后，莫小晚就减少了跟他的联系，可没想到他越来越频繁地在微信上给她留言，有时候整夜不睡，絮絮叨叨地说很多的话。

也许他太孤独了，内心就像有一个黑洞，需要从莫小晚这里获得温暖、安慰、理解、支持……他把她当成了朋友、恋人、亲人。

他的情感步步进逼，不管她是否回应，都像火山一样喷涌着。

莫小晚感动，内疚，却也束手无策。

最终，她删了他的微信，拉黑了电话，和他断了联系。

但是他开始用不同的邮箱、不同的微信，不停地尝试和莫小晚恢复联系。她渐渐害怕了，他的情绪越来越失控，精神状态也越来越差，他整夜无眠地往她邮箱里写信，诉说联系不上她，让他有多痛苦。

有一天，他竟然吞服了安眠药。等莫小晚心惊肉跳地在邮箱里看到他发来医院的诊断，她心软了，又加了他的微信和他恢复联系。

他像往日那样，在微信上自言自语，说很多话，表白他的爱和思念……她不回他，他情绪就会越来越糟糕，而她只要说一句话，他就开心起来了。

他竟然是这样偏执的男人！莫小晚想要摆脱，却又因为愧疚不能不理会。

她想着时间久了，他终于会因为她的冷淡而放弃，却没有想到他竟然到她家来。那时候莫小晚决定到外地去做美术老师，也是不想被杨煦纠缠。可是知道她到这边后，他又挨个学校地打听她，还打听到她的新住所。

为了躲避他，她是有家回不得。

想想这哪里是她的性格呀？她什么时候这么优柔寡断过？只是杨煦偏执的性格，会做出极端的事来，让她下不了决心。

莫小晚心烦意乱地画画，突然间，一道阴影笼罩在画板上，她下意识抬头，看到的是从天而降的杨煦，吓得她汗毛直立，手一抖，画笔跌落在地上。

杨煦眼窝深陷，面色青灰，蹲下去捡画笔，缓缓地说：“我找了你好几天了。”

他把画笔塞回到她手里，在他的逼视中，莫小晚的压迫感越来越大，光线和空气仿佛在一点点消失。

“杨煦，你回家吧，你还有家人，还有工作……”

杨煦淡淡一笑，打断她：“可对我来说，最重要的是你！”

“杨煦，我并没有你想的那么好！”莫小晚竭力地说，“你应该多去结交朋友。”

“小晚，知道吗？我父母一直对我要求很高，从小我就在最好的私立学校读书，所有的课余时间都排满兴趣班和培优班，而我一直是父母的骄傲，不仅成绩好，钢琴和围棋也总是拿奖……”

莫小晚早已经听过他的成长经历，但她没有制止他。

“刚到日本读博士的时候，我才发现自己很难适应离家在外的生活，我跟父母说过想回国，但他们坚决反对……语言不通，没有朋友，生活不便，那真的是噩梦一样的日子。直到我毕业，去美国毕业旅行遇到了你，小晚，我才知道我的生活里除了拼命念书，还有让我觉得幸福的事。”

“杨煦，你只是没有办法接受自己的失败。”莫小晚规劝道，“回家吧，你父母会担心你的。”

“我这么爱你！”杨煦说，“为什么不能接受我……”

杨煦突然间变得情绪激动，他大力抓住莫小晚的手臂摇晃：“你为什么要这么残忍？我从来没有为一个女人做过这么多事，从来没有过！”

“杨煦，你冷静点儿！”莫小晚吃痛地说，“我们谈一谈？”

杨煦哪里听得进去，突然撕去最后的温情，开始强吻莫小晚，他的神情陌生癫狂。莫小晚拼命推开他，朝门口跑去，没想到他已经抢先一步挡在门口，莫小晚看到那扇打开的窗户，慌不择路地跳出窗口，因为太过紧张，膝盖撞击地面，她顾不得疼地向前跑。

杨煦在后面紧追不舍，莫小晚慌忙朝楼下跑，因为天太暗，他没有看清她的方向，她躲进一间教室，藏在书桌后面，抱着身体屏着呼吸瑟瑟发抖。

认识杨煦的时候，他多么美好呀，温暖，健谈，很儒雅，但原来人性的恶，超过她的想象，那个一直完美的杨煦，因为得不到的感情，竟然变得面目全非。

她紧张地听着外面的呼吸，然后掏出手机准备拨打110，可是这一刻她又迟疑了。她怕给杨煦惹上麻烦，毕竟他好不容易才博士毕业，进入心仪的公司上班。

莫小晚等了很久，觉得杨煦找不到她应该离开了，这才站起身。此刻她双腿发麻，浑身虚脱，胃也隐隐作痛，可是等她刚刚走出教室，手臂被杨煦一把攥住，吓得她惊呼一声。

“小晚！”杨煦大力箍住她，“乖，别动！我不会伤害你。”

“你能松开我吗？”莫小晚颤声说。

“那你得答应我不许再跑。”

“好。”

杨煦迟疑地松开她，再一次表白：“做我女朋友吧。”

“可我有男朋友。”

“那个人在哪里？我从来没有见过！”

“他……他在航空公司上班。”逼于无奈，小晚只好撒谎，“他叫顾铮，是机长，因为太忙了，所以我们只能聚少离多。”小晚在心里默默补充一句，顾铮你可别怪我推你出来，不过是因为能够想到的熟悉的男人只有你了。

“我不信。”杨煦愤懑地喊起来，“你是骗我的，对不对？”

“杨煦，接受现实好不好？”莫小晚苦口婆心，“感情是勉强不了的，你很优秀，一定会遇到与你两情相悦的女孩，而我，也快要结婚了。”

杨煦痛苦地抓扯自己的头发：“我从来没有对一个女人这么好过——”

莫小晚悄悄退了一步，再退一步，趁着杨煦没有反应过来之前，她赶紧朝楼下跑去。咚咚咚的奔跑声敲打在她的心上，令她胆战心惊。

这一晚的经历真的吓到她了，正好寒假来临，她第一时间离开了。

3

苏瑾接到KPCB总部的通知，要她和孟总回波士顿就他们的绯闻接受问询。

消息是从一家知名的财经网站曝光的，时间正在敏感点上，所以KPCB高层对此事盛怒。

KPCB正准备让信汇公司在纳斯达克上市，一来可以提高信汇的知名度，二来可以做新一轮融资将信汇公司变得更强。

文曦将网站上的内容打开给苏瑾看，义愤填膺地说："谁这么无聊，编造这种子虚乌有的事？"

网站上不仅有她和孟总在三亚酒店的照片，还有他们微信的聊天记录，那些赤裸裸的话语不堪入目，再配上低俗的标题，很快就在网络上发酵。

文曦停顿一下，望着苏瑾迟疑地说："苏总，有好几家媒体想要采访您，要不要澄清一下？"

苏瑾苦笑："没想到有天我会从财经版转到社会新闻版。"

文曦不由得笑了："苏总，这个时候您还会开玩笑。"

"不然呢？"苏瑾揉揉酸涨的太阳穴，关闭网站页面，进入工作状态。

这样的事对于她无常的生活来说，只是一道不值一提的小坎坷。她的人生，失去的已经太多，对于她来说，无关生死的事，都可以从容应对。

苏瑾飞波士顿的时候，根据顾铮的飞行航班，两个人约定在西雅图转机的时候见一面。

网上的新闻顾铮也看到了，他觉得简直是无稽之谈，但他不相信，拦不住别人心里怎么想。

同事们议论纷纷，许霖还以为是真事，怕顾铮难过，跑到航空公司找他，没想到顾铮一点儿事没有。

范加林给顾铮打电话："打死我都不相信苏瑾是那种人，你可别误会她了！"

一会儿凌子浩也打电话来："别人不了解她，你还不了解她的人品？她肯定是风头太盛，被人陷害！就说那聊天记录，一看就不是苏瑾的风格……"

陈白在网上跟他说："那些乌七八糟的事苏瑾才不会参与，你得相信她。还有，她现在陷在舆论风暴中心，你们得先发律师函给网站，要不太被动了！"

就连母亲也给顾铮打电话："邻居问我的时候吓我一跳，小瑾是得罪谁了吧？唉，她这工作真是不容易，明枪暗箭都得防，我也不好打电话问她这件事，你回头好好安慰下她。”

顾铮在出差，只能和苏瑾在电话里谈这件事，听着她镇定的声音，他也安心不少。

顾铮的飞机降落在西雅图机场中转，他见到苏瑾的时候，已经是凌晨。

苏瑾穿着黑色毛衣，手臂上搭着外套，她一抬眼，看到顾铮居然举了个欢迎牌，上面写着：My girl,welcome,come on!(我的女孩，欢迎你，加油！)

在牌子上还涂鸦了一些漫画，看上去非常可爱温馨。

苏瑾笑着走到他面前：“这样的接机，真令人感动。”

“不太会画画。”顾铮有些不好意思，“将就着看看。”这个欢迎牌他其实做了好几个版本，只有这个还算满意。

他们就坐在长椅上等待航空公司下一班飞机的通知。

顾铮将苏瑾揽过来，轻抚她的头发：“睡一会儿吧。”

苏瑾轻轻闭上眼睛，感觉到了熨帖的温暖。

他们之间不需要解释，不需要说明，无言而深情，不过如此。

苏瑾到达KPCB后，孟总也在。他们俩在出事之后没有互相通过电话，孟霖辉第一时间赶回KPCB，想着由自己来处理这件事，但没想到他们已经通知苏瑾了。

“这件事造成的恶劣影响由我一人承担！”孟霖辉对在座的KPCB的几位高层说，“但信汇公司纳斯达克上市项目不能停。”

“现在信汇已经引人注目，目前的时局要低调。”有人反驳。

孟霖辉看了苏瑾一眼：“这件事纯属陷害，就是有人想要给信汇公司造成恶劣的影响，才会煽动网络上那些不明真相的人，我们不能就范。”

“即便如此，信汇上市的事也要暂缓。”另外一位高层说，“你们中国有句话是牵一发而动全身，这件事不能牵涉KPCB的股价，之前的大跌我们已经损失了十亿。”

“可是……”孟霖辉还想据理力争，被对方摆手打断了。

除了信汇公司美国上市的项目停下来，他们还要求孟霖辉和苏瑾在网上发表了声明，并且以孟霖辉太太的名义起诉最早发布消息的网站和几个转发的大V（知名博主），另外孟霖辉和苏瑾暂停出席各种公开会议，以避免媒体的穷追不舍。

从会议室出来，苏瑾不解地问：“孟总，他们不是要我来问询的吗？怎么……”

“你是想问他们怎么不让你解释下和我的关系？”孟总笑起来，“在你来之前，陈总已经跟他们解释过了。”

“什么？”

“你忘记那天我让陈总替你擦药吗？在网上看到那些照片后她就给我打电话，她说在你的房间看到了你男朋友，她能够证明我连你的房间都没有进。”

“可是聊天记录呢？”

“聊天记录可以作假，谁都知道。”孟霖辉沉思道，“虽然这件事可以慢慢淡化下去，但到底是谁在暗处操纵这一切呢？可惜酒店的监控每三个月就被清理一次，我们找不到那个躲在暗处偷窥拍照的人了。”

“既然是这个时候曝光，应该也是算准了酒店的监控查不到。”苏瑾停顿一下，愧疚地说，“很抱歉，若不是你之前促成公司收购信汇，替我渡过难关，也不会被董事局的人怀疑。”

“替KPCB收购你们信汇，是稳赚不赔的一个项目，你看才一年的时间，他们就决定让信汇上市，也是很看好你。”孟霖辉半开玩笑地说，“当时，你不怪我乘人之危就不错了！”

“怎么会！”苏瑾感激地说。

“被那帮老头训了几个小时，头都快炸了!”孟霖辉拍拍她的肩，“走，吃饭去。”

“这……”苏瑾有点迟疑。

“不只我们俩，还有陈总！”孟霖辉笑着打趣，“难道你以后都不跟我单独吃饭了？”

4

苏瑾在波士顿待了三天，文曦一天打了数次电话来请示工作，并且催促她快回来。

“我知道您现在听各种责难已经焦头烂额，但他们华盈真是太过分了，已经一连抢了耀发、优泰、高福还有吉成几个案子，我们都快招架不住了。”文曦说，“我们项目组同事去耀发的时候，还撞见华盈的人，差点儿打起来。”

苏瑾一顿：“沉住气，现在信汇在风口浪尖，客户有所改变也是难免。你们各司其职，剩下的事等我回去处理。”

苏瑾返回的时候，顾铮已经在机场等着她了。

刚从出站口出来，她就看到穿着呢子大衣，抄着手的顾铮。他身形挺拔，穿这种大衣更显得气质出众，非常俊逸。

苏瑾还没有靠近，已经有两个女孩走到顾铮面前：“那个，请问你是胡一天（国内知名青年演员）吗？”

顾铮径直拉过苏瑾：“我是她男朋友。”

两个女孩失望地对视一眼，讪讪离开。

“胡一天哪有我帅？”顾铮嘚瑟地挑了挑眉毛，“不过你刚才怎么一副看好戏的表情？”

“啊？我以为你乐在其中。”

“看不出来我很尴尬吗？”顾铮佯装不悦，“都不来救我，苏瑾，我得对你提出抗议。”

“那你希望我做什么？”

“至少也得宣誓主权。”

……

两人说笑之间，突然一个人大喊一声冲上来，不由分手地扭住顾铮就打。顾铮蒙了一下，迅速反应过来，及时地躲闪开他的一记拳头，用力一扣，抓住对方的手腕往身后一剪，用膝盖一顶，对方单腿跪在地上，很快被顾铮制服。

对方使劲挣扎，嘴里不断叫嚣：“渣男！你对得起小晚吗？”

顾铮手上的力道稍微轻了点：“你认识莫小晚？”

“她为你拒绝了我，你却一点儿不珍惜她！”

“到底怎么回事？”顾铮莫名其妙。

很快，机场安保人员赶到，将杨煦管束了起来。

苏瑾给莫小晚打了电话，终于明白了其中的缘由。莫小晚在电话那边拜托苏瑾不要承认是顾铮的女朋友：“对，就说是表妹，要是他知道我是骗他的，更要纠缠我了！”

“这个人有这么可怕吗？”

“微信狂轰滥炸，经常神出鬼没，为了躲他，我都要变成乌龟了！”莫小晚唉声叹气，“不过是我顺口提了句顾铮在航空公司上班，他竟然就能蹲点找到他，我也是服了。”

“跟他说清楚不就行了？”

“关键有些人说不清，他已经吃了几回安眠药了……”

苏瑾看了看情绪激动、面红耳赤的杨煦，心里有些同情他。

乍见的欢喜，却是这么潦草的结局，不是每个人都能平静地面对。

苏瑾把顾铮拉到一边，对他说了莫小晚的意思，希望他能去协商一下，就不要处罚杨煦了。

顾铮道：“谎言总是谎言，如果知道真相，他不是更难接受？”

这一次苏瑾站在莫小晚这边：“也许他知难而退，就不再纠缠小晚了呢？”

顾铮只得同意，他去解释只是一个误会，保安认识顾铮，见他说没事，将杨煦的手铐打开。

只是没想到杨煦竟然当着所有人的面拿起面前的板凳朝顾铮狠狠砸过去。

苏瑾想要上前，而顾铮已经抢先一步抱住她，用整个后背挡了过去。

当两名安保人员上前把杨煦死死摁在地上动弹不得时，他还在喊：“我这是替小晚教训你的！”

“顾铮……”苏瑾上前察看，颤声问，“你怎么样？”

“傻瓜，你已经替我挨过一次，我怎么会舍得让你再为我受伤！”顾铮艰难地站起身，把手搭在苏瑾的肩上，“真倒霉，本来还给你准备了惊喜。”

苏瑾哭笑不得：“这个时候，还要什么惊喜？”

杨煦当面行凶，怎么都包庇不了，他被警察带走，以滋事罪行政拘留。

等苏瑾把顾铮扶回宿舍，准备撩起他的后背擦药，躺在沙发上的顾铮柔声地说：“去关灯。”

“顾铮……”苏瑾不明就里。

“去关灯。”

苏瑾只好照办。

等房间一片漆黑，苏瑾这才看到顾铮胸前的卫衣上有荧光，是一对男女牵手的图画。

不过看那画风，让苏瑾哑然失笑：“你画的？”

“正是在下。”

“快要把我丑哭了。”

“是感动得要哭吧？”

“谢谢，我很喜欢。”

“另外有一件，是情侣装哦！”顾铮从沙发垫下翻出来，“改天穿着去看电影吧。”

苏瑾依偎在顾铮的怀里，紧紧地抱住他。

她不是一个浪漫的人，顾铮却给了她这么细枝末节的感动。

片刻后，苏瑾把灯重新打开，让顾铮趴着，给他擦药。

幸好板凳有软皮，砸下去只是瘀青，苏瑾松了一口气：“这个杨煦真的太偏激了。真怕他会对小晚不利。”

“给陈白打电话吧。”顾铮说，“他不会不管小晚。”

苏瑾也很担心小晚，点头同意。

5

苏瑾第二日回公司上班，文曦又来汇报，东华公司已经宣布下季度跟华盈合作。

苏瑾没有想到，肇易辉已经到了肆无忌惮的地步。

“这个肇易辉，一点儿职业道德都没有。”文曦把一份资料交给苏瑾，“这是他们公司目前合作的部分项目，我让业务部去联系！”

“恶性竞争没有意义。”苏瑾淡淡地说。

文曦凝视着苏瑾，她黝黑的眸子显得深远难测，脸上却是笃定与坚忍。

好一会儿，她都没有说话，苏瑾抬头询问：“还有事？”

“如果我是男人，每天这样跟你朝夕相对，也会爱上你。”

苏瑾瞪她一眼：“快去工作！”

苏瑾快下班时接到了梁叔叔的电话，说做好了饭菜，让她去吃饭。

苏瑾已经有好些日子没有见到他。

上次他醉酒将她推下楼后，已经有邻居将此事告诉了他。梁树民很是愧疚，立刻给苏瑾打电话道歉，保证以后再不喝酒。

顾铮去探望梁树民时，提出另外请人照顾他，他说不用，现在他才五十多岁，生活还能自理。只是以后孑然一身，倒是不知道该做些什么。在顾铮的鼓励下，梁树民重新将便利店营业，虽然郁郁寡欢，但至少生活开始慢慢走向正轨。

苏瑾听顾铮说起，也稍稍安心。

生活得继续，再苦再难，也要把血和泪吞咽下去。

听到梁叔叔的邀请，苏瑾愉悦地答应了。

开车路过槐树街的时候，苏瑾的心微微揪了一下，她想起那条杂乱无章的街，想起热气腾腾的米粉店，想起曾经卑微困顿的自己，也想起曾经并不算和睦的一家人。

突然间悲从中来，眼泪涌了上来。她将车停到路边，伏在方向盘上整理自己的情绪，等再起身时，悲伤已不着痕迹。

她从来就对自己狠，不能允许自己沉溺在难过的情绪里，她还有很多的事要做，她必须打起精神来。

这隆冬里的城市，满满的都是凛冽的风，实在是太冷了。

下车时，苏瑾不由得打了个寒战。

这次见到梁树民，虽然他意识清醒，但依然让苏瑾很是担心。他太瘦了，脸上皮肤松弛，眼袋硕大，嘴唇干裂，看上去苍老憔悴极了。

“不用总是买东西。”梁树民看到苏瑾，垂了垂眼，“这些营养品我也不想吃，活那么久做什么呀，不过是受罪。”

苏瑾环顾四周，发现梁叔叔将梁宏的照片放大了许多张，每一面墙都挂得满满当当。

注意到苏瑾在看照片，梁树民凄然一笑：“你弟弟不爱拍照，我找了很久，也没发现几张。”

苏瑾看着相框里的弟弟灿烂的笑容，抬手轻轻摩挲，心被眼泪打湿了。

“洗手吃饭吧。”梁树民摆碗筷的时候，旁边多加了一副，喃喃地自语：“小宏，吃饭了。”

餐桌上已经摆了四菜一汤，都是苏瑾爱吃的菜。

“梁叔叔，”苏瑾望着梁树民，由衷地说，“梁宏不在了，还有我，我也是您的女儿，以后我会照顾您，给您养老送终！”

梁树民点点头：“我知道你是好孩子，可是梁宏这一走，我真的不知道如何是好！不管我是睁着眼睛，还是闭着眼睛，总是会看到他。也好，他总是想他妈，这是去陪他妈了！”

“梁叔叔，小宏在天有灵，一定会希望您快快乐乐地生活！”

“好了，不说这些事了，来吃菜。”梁树民往苏瑾的碗里夹菜，“多吃一点儿，糖醋里脊你最爱吃了，还有姜汁鸡、麻婆豆腐……你尝尝这味道怎样？跟你妈比，我手艺是差太多，后来你妈走了，我带着小宏，给他做什么他都说好吃，他就是怕我不开心！”

即使梁叔叔说了不提小宏，可是每一个话题他都能想起小宏来，苏瑾默默地吃着菜，食不知味，好几次差点落下泪来。

窗外的世界已经黑透了，梁树民还在重复地说着过往，苏瑾看了看时间，打算起身离开。

“小瑾，”梁叔叔把碗筷放下，幽幽地说，“其实上次虽然我喝醉了，但我还是记得我说过的话。”

苏瑾微微惊讶地望着梁树民。

“就是，你为什么不早一点儿告诉我，小宏在医院的事。”

“当时还没有确定，我怕你担心……”

“可是到医院以后呢？”梁树民的手微微蜷缩起来捏成拳头，脸色越发地苍白，眼神空洞地望着空中，好像没有一个焦点。

“刚刚找到小宏，我们要等医生确定他的身份。”

“可我真的很难过，没有见到小宏最后一面。”梁树民嘤嘤地哭起来，“他肯定希望在那个时候我能守在他旁边，我能陪着他走完最后的时光。可我们，竟然没有道别。父子一场，惨淡收场，我不甘心，不甘心呀！”

“梁叔……”

“小瑾，你明明可以早一点儿通知我的！”梁树民老泪纵横，“你真的可以早一点儿告诉我，也不至于让我后悔一千次一万次。”

“对不起！”苏瑾垂了垂眼。

“对不起有用吗？”梁树民突然情绪激动地将手一拂，桌面上的碗碟应声落下，“没有用！我不接受！我根本就不接受你的道歉！”

梁树民指了指门：“你走吧。我再也不想见到你。”

苏瑾苦涩地望着他：“梁叔叔，我真的不知道小宏当时的情况有那么危急，我找到他的时候，手术已经结束……”

“不要再找借口了！”梁树民几乎是咆哮道，“你从来就高高在上，你从来就看不起我！我知道，我统统都知道，所以你压根就没有想过我的感受！是，你是对小宏很好，你是对我很好，但你在心里真的把我当爸爸，当亲人吗？只是因为小宏，所以你才搭理我！你心里恨李凤华，你也恨我和李凤华那样的人在一起！现在好了，他们都死了，统统都死了，你也不用这么假惺惺地来关心我了！”

“梁叔，我没有不把你当亲人！”

“在小宏的葬礼上，你一滴眼泪都没有流！一滴都没有！”梁树民痛哭，“你是不是在想，你终于可以解脱了？你可以不用管这个病恹恹的弟弟，可以不用跟你看不起的梁树民有瓜葛！”

“我没有！”苏瑾难以置信地望着梁树民，她不懂，她为他们做了那么多事，可是到头来，他却把她当成了仇人。

对，他看她的眼神就像是仇人，令她不寒而栗。

“小宏车祸的赔偿是你在处理，我不在意钱！你说我还要那么多钱做什么？但小瑾，是不是为了那些赔偿金，你不让医生继续抢救了？”

“当然不是！梁叔，那些钱还在走流程，等赔偿款下来了，我一分不少地给你！”

“是吗？”梁树民冰冷地看着她，“谁知道你买了多少保险？谁又能证明你毫无私心！”

“小宏走了以后，你一直消沉，所以他的事我才去处理，你可以去问……”

梁树民摆摆手：“小瑾，你走吧，以后不要再来了！没有了小宏，我们之间一点儿关系都没有！我不需要你养老送终，我也不需要你为我安排什么！这条贱命就等着老天随时来收！”苏瑾见他情绪激动，知道他心结已深，一时也无法释怀。只能等时间过去，也许他会自己慢慢想明白。

苏瑾到家以后突然腹痛难忍，这种痛跟之前的胃痛不一样，像火在灼烧。想起晚上梁叔的态度，苏瑾突然意识到了什么。

她艰难地拿起电话拨打120急救电话，在说完自己的地址和目前的状态后，挣扎着去把房间的门打开。

疼痛的感觉令她几乎要晕厥，冷汗涔涔中，她蜷缩起来。

这一刻，她想念母亲，想念小宏，也想念顾铮。

昏沉中她仿佛看到母亲了，是她记忆里当年的模样，穿着陈旧简朴的衣服，脸上布满了愁云。她在愁孩子们的学费怎么办？小宏的医药费怎么办？苏瑾想要去北京上大学，她却希望她能上本地的师范院校。

这一次苏瑾没有跟母亲据理力争，她说，妈妈，我答应你！我可以念师范，可以早早地出来工作，我会帮您分担生活的重担，所以不要生病，好不好？

当年的她，那么想要离开槐树街，离开令人压抑的生活，还有懦弱的母亲，但现在，她多希望一切能够重来，她会做出另外的选择，也许今后的种种，都能改变。

蝴蝶的翅膀，只是抖抖，就能改变整个世界。

这是真的。

在她几乎要绝望的时候，感觉有人来到她的身边，有急促的呼喊声，可是她已经一个字都回答不出。

Zhijian Hualiang
Yi Cheng Shang IV (Da Jie Ju)

第11章
余生，请多多指教

1

那个晚上，莫小晚戴着帽子、口罩，把衣领拉高，全副武装回了趟家，想要取些换洗的衣服。

她住了好几天酒店，几乎每天换一家，她很怕杨煦找到她的行踪，总觉得背后有个人在跟着她，这令她惴惴不安。

杨煦被拘留了几日就放了出来，莫小晚想起网上的很多新闻，男人追求不成就将对方毁容或者杀死，她可不想成为社会新闻的女主角。

刚蹑手蹑脚地开门进去，突然就被亮着的灯光吓得魂飞魄散。

正准备夺门而逃，看到从厨房走出来的人，手里的钥匙“啪嗒”一声落在地上。

此人穿着一身居家服，优哉游哉地端着杯子，完全就是鸠占鹊巢的状态。

“你……”莫小晚突然间悲喜交加，眼泪涌了上来，“你怎么会在我家？”

陈白一见她哭，慌了神，赶紧上前抱住她。

莫小晚哪肯就范，又推又打：“你不是要分手吗？你不是回美国了吗？滚滚滚！咱们此生不复相见！”

“你听我解释！”

陈白好不容易抓住她的手腕，可莫小晚拼命挣扎，一声一声地让他滚。

“小晚，你冷静点儿！”

陈白的声音太小了，完全被她压下去，他干脆将她往墙上一抵，按住她的双手，埋头就吻上了她的唇。

莫小晚气极，狠狠咬了他一口，然后看着他吃痛地跳开三步。

“莫小晚，你属狗的吗？”

“对，我就是狗，我见你一次咬你一次！”

“讲点儿道理好不好，我当初是因为知道……”陈白的声音低了下去。

莫小晚愤懑地盯住他：“知道什么？知道我劈腿了？移情别恋了？”

“当时我亲眼所见，所以……”

莫小晚挥手作势要打，陈白缩着头闭着眼，一副让她为所欲为的样子，反而把她气得放下手。

“你就这么不相信我？连问我的勇气都没有？”

“我只是觉得，也许你遇到了更适合你的人！就像赵铭……”

“滚！”莫小晚龇牙喊，“别跟我提他！”

“你一直嫌弃我庸俗、市侩，所以我总觉得自己不是你理想的对象。”陈白满腹委屈，“而你当时说走就走，完全不在乎我。”

莫小晚沉默了。

陈白继续控诉：“你拉黑我的微信电话，我根本就联系不上你！我只好去求余蓓蓓，套来你的酒店地址，可等我兴冲冲赶到，看到的却是你和别的男人相谈甚欢，还一起回了……回了酒店房间。”

陈白怯怯地看了她一眼，声音又低了下去：“我能不误会吗？所以我才回了美国。”

“那你和涂暮瑶呢？你们孤男寡女，同住一室，还有亲密合影，这又怎么回事？”

“这纯属栽赃陷害！”陈白朝前走了一步，看了她一眼又停下来，“我那时候是睡着了，所以她拍了那样的照片，但我发誓，我绝对没有做任何对不起你的事。”

“鬼才信你！”

“那你问涂暮瑶！”说着陈白就要打电话。

“你们都已经一起回美国了！”

“那是因为我想要离开伤心地！”

“你们真的没有在一起？”

陈白已经拨通涂暮瑶的电话，但莫小晚抢过手机挂断了。

“这不能代表什么，我们已经分手了。”

“可我们马上就和好了。”

“谁要跟你和好！”

“顾铮跟我说了你被杨煦纠缠的事！”陈白再靠近一步，“我一听说就赶紧飞回来了，虽然我刚刚才找到一份不错的工作！”

陈白深情地望着她：“我们别吵架了，没有涂暮瑶，没有杨煦，我们和好吧！”

莫小晚的声音言不由衷：“不要！”

陈白抬手拥住莫小晚，像哄孩子似的：“别闹了，乖！”

莫小晚扭动身体挣扎，力道却很小。

陈白安抚地拍着她的后背，知道她已经原谅他了。她就是那种嘴硬心软的女人，她也是一个骄傲又任性的女人，他得无底线地没皮没脸——这是他这辈子的瓶颈，但他不想去克服了。

“你怎么会在我家？”莫小晚问。

“你家的钥匙我怕丢，另配了好几把。”陈白笑着说，“回来后你不在家，我就在这里等你了。"

他知道所有的误会都已经散去——其实有些事真的很简单，是他们自己搞复杂了。

那个晚上，莫小晚和陈白成功地和好，他们说起最近的生活，倾诉彼此的思念和煎熬，有一种劫后余生的感觉。

幸好，他们都还来得及解释，幸好一切都可以再继续。

幸好你回来的时候，我在。

门铃响的时候，莫小晚惊惧地朝陈白的怀里缩了缩，后者义薄云天地拍拍胸脯："不怕，有我在！"

说着陈白去将门打开，而小晚不放心地跟了上去，门口站着的果然是杨煦。

他一定是看到屋里灯亮着，便找了上来。

杨煦看着穿家居服的陈白，错愕地问："你是谁？"

"直接地说，我是莫小晚的男朋友。"

"那顾铮？"杨煦不由得看向他身后的莫小晚，"你到底有几个男朋友？"

莫小晚心里一怔，索性回瞪他，破罐子破摔地说："对，我就是这样的人。"

"你！"杨煦痛心疾首地望着她，"在我心里你单纯善良美好，把你当成女神一样供着，可你竟然是这样水性杨花的女人！"

莫小晚内心一喜，面色却故作轻佻："杨煦，我真的不是你想的那种人，我有很多毛病，很多的缺点，而且我不能长时间喜欢一个人，你懂的，画画需要灵感，而这些灵感需要爱情去刺激它！"

"够了！"杨煦失望地望着她，"是我太傻了！我以为遇到你，是我这辈子最大的幸运！我甚至放弃了工作来追求你，你却是这种人！"

陈白刚想要辩解，莫小晚抢先一步揽住他的腰掐了一把。

陈白立刻会意，往莫小晚肩膀上一搭："我不在乎她有几个男朋友，及时行乐就好！"

杨煦气得脸红一阵白一阵，看着莫小晚，悲愤地说："你不觉得羞耻吗？玩弄别人的感情，利用别人的真心!"

陈白受不了别人说她的坏话，刚要出声，又被莫小晚打断。

"杨煦，我不值得的，回去后好好工作，不要再为我浪费时间了。"莫小晚垂了垂眼，内心愧疚。她没有想到她跟杨煦会变成今天这样的局面，认识他时，她觉得他有才华，也有思想。他懂得那么多，好像整个世界都在他掌握中，但后来他一步步地走向偏执，走向过激，变得难以理喻。她真的不是有心，也不是故意要让他爱上她，她一早就说了自己有男友，只是他沉浸在自己的执念里，不肯相信。

这一刻，他的梦应该醒了。

也许她只能用这样的方式打醒他，让他失望和厌恶。

杨煦满脸的沮丧，他的眼里充满了留恋、不舍、怀疑、失望……

“小晚，”他的眼泪流了出来，喃喃地说，“你以后别这样了，还是安定下来吧。”

“杨煦……”莫小晚咬了咬唇，“对于一些人来说，就想找个人安身立命，而对于我来说，得过且过的生活，才是我梦寐以求的。”

“顾铮……”陈白问，“他知道吗？”

“他不知道，”莫小晚故意地说，“也有可能知道却假装不知，他们终归是知道我的秉性。”

“好了，你该走了！”陈白冷冷地下逐客令。

等杨煦走后，莫小晚心里充满了担忧：“他会不会又吞安眠药？”

“当然不会！”陈白点了点她的脑门，“之前的种种不过是逼你就范，当发现你不是他想象中的完美女人，他一定会后悔为你吞过安眠药。”

“唉，看他那么失望，我有点后悔自毁形象！”莫小晚走到窗前，看着杨煦落寞的背影越走越远，“他其实是个不错的人。”

陈白从身后拥住她：“可是小晚，你爱的人是我！”

“才怪！”

“小瑾告诉我的。”陈白得意扬扬，“她和顾铮都给我打了电话，说你很需要我……”

莫小晚无声地笑了：“幸好，我们都还在。苏瑾、顾铮、你，还有余蓓蓓！”

“小宏的事，苏瑾很难过吧。”

“那是自然，”莫小晚神色黯然，“但她的性格就是什么都放在心里，幸好顾铮在她身边，看他们现在这么好，我也觉得很甜。”

“我们会比他们更甜！”

莫小晚深吸一口气，点点头。

2

莫小晚是第二天才知道苏瑾住院的事。

她自己拨打了120电话，医务人员发现她时已经陷入昏迷。他们送她到医院，诊断后确定她中毒，经过反复洗胃，毒素被清除了大半，但因为余毒未清，进入了血液，让她几乎心力衰竭，非常凶险。

等她稍微清醒一点儿，示意医生帮她打电话给顾铮，但是他因为在执行飞行任务，关机了。

苏瑾找来了文曦。

文曦凌晨赶到医院，见到苍白虚弱的苏瑾，惊得眼泪扑簌而下："白天上班的时候不还好好的？怎么回事？苏总，您怎么会中毒？"

苏瑾示意她冷静些，虚弱而缓慢地说："圳何的合同……"

"苏总，我知道！"文曦赶紧说，"工作日常我会继续，合同也会盯着他们做出来。您……您就别再担心工作的事了。"

文曦在医院守了苏瑾一夜，看着她被洗胃折磨得奄奄一息，只能心急如焚地站在一边，一点儿忙也帮不了。

她也是反复给顾铮打电话，一直到天亮的时候，才拨通他的电话。

刚刚接通，文曦就哭了："顾大哥，你在哪里？快回来，苏总住院了！"

顾铮在西雅图中转，他没有办法及时赶回来，而且他要前往下一站。

文曦只好把电话放到苏瑾的耳边，让顾铮与她通话。

"小瑾，"顾铮哽咽着说，"对不起……"

"没事，"苏瑾轻缓地说，"我会等你回来。"

"等着我。"

"嗯。我还有很多事想和你一起做，"苏瑾的唇边扬起笑容，"我们要结婚，要生一个孩子……"

苏瑾感觉到胸腔在被一双手挤压，空气越来越少，说话也越来越艰难。

"我们会结婚，会有孩子，长得一定要像你才美。"顾铮温柔地说，他的脸上也不由得浮现出憧憬的笑容，"我们要一起去海边度假，去看日出和日落，对了，我们只看过一次露天电影，以后带着我们的孩子去。"

……

苏瑾听着顾铮的话，缓缓地进入梦境。

她是少女时代的苏瑾，顾铮也是少年的模样，他们牵着手在青石板路的巷子里奔跑，那银铃般的笑声是她整个青春时期最幸福的笑声。

监控心跳的仪器发出惊叫声。

医生护士赶紧来查看："心律异常，已出现一分钟三次房室传导阻滞，马上注射强心剂！"

"医生，病人呼吸困难，反射消失——"

文曦捂着嘴不让自己哭出声来，她浑身乏力，几乎跪倒下去。

听到一条直线的声音，文曦已经要晕厥过去："不——"

医生接过护士递来的心脏除颤器对着苏瑾的胸口开始进行除颤，电流刺激苏瑾的胸腔，每一次她的身体都像被吸附住一样向上弓起，又落了下去。

"准备——开始！"医生的口令让气氛都凝固了。

一下，又一下，直到仪器上重新出现心脏跳动的曲线，文曦哇的一声哭出来："苏总，您别吓我呀！我很害怕——"

这个时候她才想起电话一直没有挂断，而电话那边的顾铮已经听到了整个急救的过程。

"顾大哥……"文曦拿起电话，声音抖得不像话，"刚刚……刚刚苏总……"

她已经说不出话来了，只是拼命地哭。

"她现在怎样了？"顾铮已是泪流满面，感觉从来没有像这一刻心急如焚，却呼喊不出。

他没有在她的身边。

在她与死神擦肩而过的这一刻，他只能在这里无助地祈祷。

他从来没有像现在这样害怕过，那种被扔在一片黑暗里的感觉，没有出口，没有回音……他默默流泪，感觉自己被掏空了。

"现在心跳在恢复。"文曦说。

"我得上飞机了。"顾铮这才感觉自己的唇已经被咬破，满嘴的血腥味，"让我跟她说一句话。"

文曦重新把手机贴到苏瑾的耳边。

顾铮一字一顿地说："如果你胆敢放弃自己，我不会原谅你！"

一场寒流来袭，窗外下雪了。

那一夜，苏瑾经历了很多，呼吸困难、惊厥、心律异常……

文曦紧张地看着苏瑾，再望望仪器。她担心那刺耳的声音再次响起来。

每一分每一秒，都是煎熬。

驾驶着飞机的顾铮专注地望着前方，他知道，苏瑾一定会等他回去，而他也要安全地返航。

3

莫小晚他们赶到医院的时候，苏瑾已经度过了最难的一段时间，被送进了重症监护室。

文曦一见到她，又哭了起来。她将昨夜的凶险再说了一次，莫小晚沉着脸，听得心惊肉跳。

"医生怎么说？"

"除了做全胃肠清洗外，还要做血液净化、血液灌流，"文曦愤愤地说，"医生说是某种含磷的农药中毒。苏总怎么会自杀，一定是有人给她下毒！"

"下毒？"莫小晚一怔，"她昨天晚上跟谁在一起？"

文曦摇摇头："苏总下班比平时早。"

莫小晚拿过苏瑾的手机查看了一下，在看到梁树民的电话和时间时，心里一怔。

她觉得不可能。

"报警吧，"陈白沉吟道，"不能让伤害她的人得逞。"

"医生说，"文曦鼻子发酸，"还要担心并发症，我好怕……"

"当然不会有事。"莫小晚的手紧紧地握起来，红着眼愤怒地说，"要让我知道是谁下的毒，我一定不会放过他！"

几个人守在重症监护室外，内心都在祈祷苏瑾能够平安地渡过危险期。

顾铮回来的时候，苏瑾已经在重症监护室待了两天，他一下飞机来不及换下衣服便直奔医院。这两天对于苏瑾来说，是生死边缘的挣扎；对顾铮来说，是分分秒秒的煎熬。

"顾铮，"莫小晚见到他，眼眶红了，"刚刚医生又下了病危通知。"

顾铮只觉得天旋地转，五脏俱焚，踉跄一步扶住长椅，缓缓地坐了下去。

"有严重的心律异常并发症。"莫小晚流着眼泪，"我进去看过她一次，一直在昏睡。"

"我要进去看看她。"顾铮的眼睛布满血丝，轻缓地说，"她不会有事。"

顾铮穿着无菌衣，戴着帽子口罩，经过复杂的消毒过程，终于进入了重症监护室。

这里的医生护士严阵以待，都在密切关注着苏瑾的状况。

顾铮看着插满管子的苏瑾，看着她苍白的脸，心如刀绞。

他微微地俯下身，轻轻地喊了一声："小瑾，我回来了，对不起，让你等久了。"

顾铮捧起她的手，从口袋里拿出一枚戒指，放到她的掌心里。

“这是一枚戒指，”顾铮说，“我等着你从这里出来，亲自给你戴上。”

顾铮咧嘴一笑，那笑容却凄惶无比。

“小瑾，其实从十六岁认识你，我就认定了这一辈子我想要娶的女人就是你！我们还有那么漫长的余生，所以，请你一定不要放弃我！

“小瑾，你还没有跟我穿着情侣装去约会，还没有跟我一起去趟游乐园，对了，你答应过我们还要去看露天电影！你不可以失言，等你醒来，我们要一一去做。

“小瑾，我其实是一个脆弱的人，我没有办法承受失去，更没有办法忍受失去你！要是你不好起来，那我一辈子都会放弃自己，再也不会笑，不会快乐起来！”

……

顾铮突然感觉苏瑾的手指轻轻动了动，他将她的手包裹住：“我知道你听到了我的话，请你一定要坚持下去！小瑾，我的人生根本就不能没有你！”

短暂的见面让顾铮的心慢慢平静下来，他知道苏瑾会好起来的，她一直那么倔强，这一次，她也不会轻易向命运服输。

警察带走了梁树民，但是厨房已经清洗过了，并没有找到剩余的药物，他一直精神恍惚，喃喃自语，警察觉得他的精神状况有问题，带去做司法鉴定了。

苏瑾在重症监护室待了七天才慢慢好转过来，她也度过了呼吸衰竭、肺部感染的并发期，等医生告诉他们，苏瑾可以从重症监护室出来的时候，众人喜极而泣。

这一遭对于苏瑾来说如同炼狱，她在清醒与昏迷之间游走，剧烈的疼痛，呼吸的困难，让她几乎耗尽了所有的力气。

她在昏迷之中会喊妈妈，喊爸爸，喊小宏……医生耐心地贴在她耳边说话，告诉她，有一个叫顾铮的男人在等她好起来。他们半开玩笑地说，你的男朋友那么帅，要是你不把他看牢了，那他就会属于别人了。

苏瑾听到了，她想要回答他们，才不会呢。

认识顾铮的十年中，他一直不离不弃，而今后的沧海桑田，他们也会一同走下去。

有一次顾铮进入重症监护室时，苏瑾清醒着，他们望着彼此的时候，笑容在脸上绽放，那一刻，所有的悲欢离合烟消云散。

第七天，苏瑾被转入普通病房，文曦第一时间来汇报工作，她不在的这七天，很多事要等着她决断，很多文件也要等着她签署。

莫小晚不满地说：“文曦，你是黄世仁吗？这么狠！”

文曦犹豫地看了顾铮一眼，后者安抚地冲她点点头：“她心里也牵挂着工作，你跟她说吧。”

顾铮将苏瑾的病床调高，拿枕头垫在腰后，轻声对苏瑾说：“少说点儿话。”

苏瑾脸色苍白，浑身无力，但精神已经渐渐恢复，她点点头，拿过文曦递来的笔，在空白的位置签字。

正说着，门口出现了一个人，文曦立刻站起身迎上去：“孟总！”

孟霖辉从文曦那里知道苏瑾有所好转，已经从重症监护室出来，也是松了口气，立刻赶到医院探望。

文曦接过他手里的鲜花，找了花瓶去插花。

孟霖辉与顾铮他们颔首示意，然后坐到苏瑾的床沿，轻声地说：“你不在的这几天，肇易辉的动静很大，早点儿好起来，这又是一场硬仗。”

停顿一下，孟霖辉又说：“我赞助了网站一年的广告位，他们把爆料人的邮箱告诉我了。是肇易辉的秘书，我想是因为之前几个项目他败北，怀恨在心，所以才会设计陷害。”

苏瑾心里已经隐约猜到背后的黑手是肇易辉，所幸那天陈总见到顾铮，并且聊天记录也经过鉴定是伪造，他们向网站发出律师函，网站看到事实当前，立刻删除新闻，并在首页挂出了道歉声明。他们承认是受人挑拨，为了博人眼球，没有经过核实就发出了这样的消息。

即使如此，因为消息转发太多，扩散面很广，还是对KPCB和信汇公司造成了恶劣的影响，每每在公开场合，都会被媒体问及。孟总感慨，现在的人对八卦的热衷真是到了无以复加的地步。平时业绩再怎么好都不会有人问及，这样的花边新闻却火得一塌糊涂。

孟霖辉离开的时候，顾铮送他到走廊。

孟霖辉望着顾铮，伸出手认真地说：“谢谢你的信任。”

顾铮回握住他的手：“我不是信任你，是信任小瑾。”

孟霖辉一怔，哈哈笑起来：“你倒是很有眼光，不过，我并不想掩饰我对她的喜爱。”

顾铮并不意外，笃定地说：“可她喜欢的人是我。”

“这样打击我，合适吗？”

顾铮笑了：“一直没有当面说过谢谢，谢谢你一直帮助小瑾！”

“其实我喜欢她、看好她的，就是她的正直和坚持。”孟霖辉停顿一下，“资本市场，尔虞我诈的事太多了。不可否认，我也经历过很多乌七八糟的事，后来虽然在尽力洗刷，但我知道那些黑暗的东西将一直伴随我的终生。苏瑾不同，她一直坚持着自己，一直不忘初心，也许帮助她，就像是帮助当年那个也曾有一颗赤子之心的我。这是弥补，也是心结。”

顾铮有些讶异地望着他，没想到他会与他说这些肺腑之言。

孟霖辉抬手拍拍他的肩：“苏瑾很好，我对她毫无非分之想，当然，我的那一点儿私心也就是希望她成为我的左膀右臂，帮我拓展中国区市场。”

顾铮明白了，孟霖辉始终是担心他误会，所以才会跟他说这些。

“小瑾对你的知遇之恩，一定会竭尽所能地回报。”

“其实很多话说清了，相处起来会更加轻松。”孟霖辉挥挥手，“去照顾她吧。”

4

眼看着婚礼就在三天后，余蓓蓓越发心慌。

她在医院见到苏瑾，一派愁云惨雾地问："其实答应他的时候我没想过我们会两地分居，要我放弃学业回国我不愿意，但让他去加拿大也不现实。两个人聚少离多，感情很快就淡了。"

顾铮将苹果切成小块喂给苏瑾，他瞪了余蓓蓓一眼："还对着病人诉苦，合适吗？"

"可我真的很烦恼呀！"余蓓蓓从盘子里捞起一块苹果丢进嘴里，含糊不清地说，"这个时候逃婚，秦棋会不会杀了我？"

"你说呢？"莫小晚反问她。

"要不我们一起结婚吧！"陈白笑着搂住莫小晚，"给她壮胆！"

"你以为是上梁山呢？结婚还要结伴！"莫小晚白了他一眼，后者讪讪地住了口。

余蓓蓓倒是欢喜地喊出声："行呀，干脆把婚礼让给你们，反正都是现成的！"

"不要！"莫小晚耸耸肩膀，"我还要等着小瑾出院给我当伴娘！"

陈白欣喜地望着她，难以置信地问："你同意结婚了？"

"不是早同意了吗？只是想缓缓。"莫小晚叹了口气，"我还想过自由自在的单身生活，但也许两个人的生活也不赖。"

"很快就会是三个人！"陈白嬉笑。

"做梦！"莫小晚朝他胸口捶打一拳，而他将一块苹果塞到她嘴里，嘿嘿地笑了。

苏瑾看着身边的顾铮和朋友们，内心充满了宁静。

经历过生死以后，她觉得其实稀松平常的每一天都那么重要，就这样看着朋友们笑闹。聊天，是一种最真切的幸福。

只是想到梁树民，会让她黯然。她没有想到梁叔叔会这样恨她，更没有想到那个老实善良的男人竟然会想要杀了她。

警察告诉他们，梁树民在警局待了四十八小时后终于把所有的事交代了。他提到苏瑾给小宏买保险的事，说她为了大额的赔偿才不让医生急救……警察调查后告诉他，这根本就是子虚乌有的事。因为梁宏身体不好，所以根本就达不到买保险的资格。

警察问他，是谁告诉他，苏瑾买了保险的事。他说是保险公司的人。

他自己也说不清哪家保险公司哪位业务员，警察分析，很可能有人蓄意制造矛盾，假扮成保险公司的业务员去对梁树民说了谎。

但这一切都无从考证，梁树民因为精神状况很差，在看守所不吃不喝，所以被送到专门的医院取保候审。

苏瑾想不出来，谁会知道小宏的事，谁又会去挑拨他们的关系？难道是李凤华那边的亲戚？也许只有等警察调查后才能真相大白。

可是一想到梁叔叔会坐牢，她还是不太好受。要说不怪梁叔她做不到，但她对他的感情很复杂，有怨，也有同情和理解。

他的精神支柱就是小宏，他一直觉得没有见到小宏最后一面很遗憾，而怀着对苏瑾的怨恨，就很容易轻信别人的话。

秦棋找到医院的时候，余蓓蓓下意识地躲在莫小晚的身后。

秦棋板着面孔，不满地质问："你觉得不见我就能解决问题吗？咱们能不能坐下来谈谈？"

"那个……"莫小晚指了指苏瑾，"你到医院来不是探望病人的吗？"

秦棋这才看向苏瑾，愧疚地说："对不起，我去她家找不到她，就到这里来找了。"

苏瑾淡淡一笑："不要紧，我好很多了。"

秦棋去拽余蓓蓓的手臂，不由分说："不要影响病人休息，我们出去说。"

余蓓蓓几乎是被秦棋连拖带拽地带走，她朝众人使求救的眼色，但大家都忽略掉了。

等他们走后，莫小晚笑了："顾铮，看着你前女友结婚，你有什么想法？"

"莫小晚，别找碴儿……"

"难道你一点心得、体会、感悟都没有？"莫小晚龇牙咧嘴地笑，"会不会有点儿失落呀？你的头号粉丝终于弃暗投明了。"

"陈白，我真后悔给你打电话召你回来！"顾铮瞪了她一眼，"一旦有了元气就开始挤对我！"

"谁叫你多管闲事！"莫小晚不服，"要不我还挺自由的。"

顾铮气得挥挥拳头，后者赶紧往病床另一边跑，两个人左躲右闪的样子，让陈白忍俊不禁："加起来几十岁的人，还这么幼稚。"

顾铮和莫小晚相互嫌弃地瞪一眼。

苏瑾想起了年少的时光，想起他们一行人在餐厅吃饭的热闹，大家抢着菜单报菜名，莫小晚和凌子浩永远怼来怼去，顾铮跟范加林打打闹闹——青葱的时光原来是她一生里最安稳的一段，后来那么多大风大浪，让她每每念及过往，都要落下泪来。

被秦棋拽出病房后，余蓓蓓一直低着头背对着秦棋，她不知道该如何面对他。

“喏。”秦棋把一份文件递给她。

“什么？”余蓓蓓狐疑地接过来，然后抬起头，“你要买房？”

“不然呢？”秦棋不满地说，“我可不想一结婚就分居。”

“你要去加拿大？”

“废话！”秦棋扶住她的肩膀弯腰看着她，“两个人在一起，总会有人妥协，既然你不愿意，那只能我来了！”

“还是不要了！”余蓓蓓把文件塞回到他手里，“这样的妥协，总是有不甘，以后一吵架就会拿出来说。”

“喂！”秦棋一脸生无可恋，“还没有结婚你怎么就想着要吵架的事？再说了，你以后有主场优势，就不能让着我一点儿？”

“真的不需要！”余蓓蓓望着他，“我不需要你委曲求全，如果你不愿意去，那我们可以再试着交往一段时间，毕竟我们之间也不太了解！”

“还有三天就结婚，你难道想要悔婚？”秦棋用力将她揽入怀中，拍着她的后背，轻声哄道，“放心，我会事事以你为主，但请你不要动不动就说这样泄气的话。两个人在一起总是会有分歧和矛盾，只有爱能够化解，我相信我们有这样的能力。”

“可我怕你有一天后悔。”

“也许会，但至少现在我想要按照自己的心意来。”秦棋温柔地说，“以后的事谁知道呢？在遇到你之前，我也曾经以为自己会是不婚或者晚婚的人，但没想到我会这么想要娶你。”

“其实我没有你想的那么特别……”

“是，你是一点儿也不特别，但却是对我而言最特别的一个。”

余蓓蓓被秦棋的话感动了。她曾经觉得他是纨绔子弟，不成熟，不稳重，而且他那么多浪漫的追人方式一定用在很多女孩身上，但在这份感情里，他一直在努力付出，而她又有什么资格浪费他的真心呢？

“结婚吧，”秦棋的声音如同梦呓，“我的余生，请多多指教。”

余蓓蓓搓着手思索着，然后咬紧腮帮子，点头同意了。

5

余蓓蓓的草坪婚礼一切从简。

二月的隆冬，竟然是别样清朗的一天。

草坪上有着缀满白玫瑰的鲜花拱门，中间的红毯上撒满了红玫瑰花瓣，周围也多是鲜花装饰，在阳光下，显得格外美好动人。小提琴手早早地拉起了曲子，那欢愉、轻快的调子，流水一般，极为自然地，高一声低一声，令人心情愉悦。

苏瑾坐在轮椅上，由顾铮带出了医院，原本余蓓蓓希望她做伴娘，但她体力还没有完全恢复，无法长时间站立，只能遗憾错过。

余蓓蓓的婚纱是鱼尾长摆，裙身上是手工的花朵，她戴着小皇冠，长鬈发垂下来，点缀了一些珍珠饰品，显得清新典雅极了。

“我的妆花了吗？你看看，”余蓓蓓拉扯了一下裙摆，“我感觉腰身太紧了，我都快呼吸不了了。”

“是你太紧张了。”

“可我第一次结婚，毫无经验，能不紧张吗？”

莫小晚扑哧笑了：“我第一次觉得你还挺可爱的。”

余蓓蓓白她一眼：“这赞美来得太突然，我有点儿适应不了。”

“好啦！”莫小晚扶住她的肩膀，左右端详，由衷地说，“你是我见过的最漂亮的新娘！”

“莫小晚，你今天吃了多少糖？这么甜。”

“以上所述都只是说说，别当真！”莫小晚又恢复毒舌，气得余蓓蓓剜了她一眼。

余蓓蓓由父亲领着缓缓走向秦棋，秦棋穿着一身白色西装，深情款款地望着她。

秦棋拿着话筒温煦地说：“蓓蓓，此后经年，愿我老去的时光，有你问我粥可暖，有你与我立黄昏……谢谢你愿意嫁给我，谢谢你陪我走过未来的每一天。”

他的话让众人动容，也让余蓓蓓落下泪来。

从此以后，他们就是这世界上最亲密的人了，是她心头最血脉相连的部分。而她抬眼在人群里找了下顾铮，心里默默地说，顾铮，再见了，那些属于你的情感会被永远的尘封起来。我相信，我会幸福。

顾铮迎着余蓓蓓的目光，给她一个祝福的笑容。

他记得她所有的好，记得她为他付出的努力，他也由衷地希望她能幸福。

Zhijian Hualiang
Yi Cheng Shang IV (Da Jie Ju)

第12章

遇见你之初，就是你了

1

余蓓蓓跟秦棋结婚后去红海度蜜月了，她曾经在那里住过一阵子，一直希望有一天能和心爱的人再去一次，现在终于梦想成真。

莫小晚和陈白也已经和好，但涂暮瑶给陈白打越洋电话，莫小晚还是会很介意，后者三言两语地挂断电话，一点儿误会也不敢制造。

三月，莫小晚辞去了老师的工作，她觉得其实自己不适合教书育人，没有耐心，也不擅长沟通，有时候批评女生几句，本来都是善意，却将她们气哭了。想了想，她还是作罢了。除了画画，她的新兴趣是设计首饰，先画出图样，再用石榴石、松石、蜜蜡等石头穿成项链耳环的款式。她拍了几张放在自己个人主页，没想到会有人来询价。

莫小晚看到有人喜欢，更是兴趣高涨，甚至荒废了画画。

陈白看着她这样，也不急，反而觉得随遇而安才是这世间难得的性情。其实莫小晚画画很有天赋，但她不因此追逐名利，更不用来敛财，永远保持着初心。

陈白又重新张罗起律师事务所，虽然生意清淡，但他的心里一点儿也不慌，他原本就不是一个有野心的人，守着自己的一亩三分地，已经觉得安稳。

日子在一天天过去，经过近两个月的休养，苏瑾才完全恢复了健康。而这两个月的时间，她的工作其实一直都没有停下来，办公地点改在了医院和家里。

文曦每天都会来汇报工作，看着苏瑾一点点康复，她很是欣喜，一直说着等蛰伏期过去，要给华盈一点颜色看看。

苏瑾不想再跟肇易辉纠缠下去，本来只是公司利益之争，对于那些没有底线的人，她又何必给自己惹麻烦？

梁叔叔被诊断出因为受到强烈刺激导致精神失常，属于精神抑郁，认定为无民事行为能力，再加上苏瑾出具的谅解书，法院判定他不用负刑事责任，但他需要在精神科住院治疗。在顾铮的安排下，梁树民入住了一家环境较好的精神疗养院，并且请了私人看护照料他。那时候的梁树民情绪时好时坏，大多数时间是拿着梁宏的照片发呆，顾铮看在眼里，也是唏嘘不已。

人活着是需要爱和被爱的，这也是梁叔叔精神崩溃的原因，而他的这一生，也许就会在回忆里度过。命运狰狞，超过了所有人的想象。

只是顾铮对于梁树民伤害苏瑾这件事，还是无法释然，虽然费心为他安排这些，见到他时，却很冷淡。

苏瑾一直到三月底才正式回公司上班，没想到文曦会为她准备一个欢迎仪式，而顾铮亲自送她上班，令她感觉很幸福。

生病的这些日子，也是她和顾铮相处最多的一段时光，没有飞行任务的时候他就会陪着她，有时候他们就躺在沙发上，她枕着他的腿，各自看一本书，或者她乏力地小憩一会儿，他就静静地注视着她，是那种深深的失而复得的感觉。

有时候她睁开眼，看到他的目光，会盈盈一笑，黑瞳孔里的流光溢彩，依然让顾铮心跳加速。

那天，苏瑾看着窗外的雨，顾铮走过来将手与她的手叠在玻璃上：“我有件礼物想送你。”

苏瑾偏着头，露出小女孩般的好奇神色。

顾铮拉过她的手，将一枚戒指套上去：“刚刚好。”

“喂，”苏瑾不满地说，“不问我的意见吗？”

“那你会拒绝吗？”

苏瑾笑了，老实坦白地回答：“不会。”

“所以我跳过了这个程序。”

“好吧，”苏瑾把手摊开举到面前打量，“其实我一直等你送我这件礼物，在医院的时候你就答应过我了。”

“你听到我说的话了？”

“能听到，但感觉很遥远，而且我回答不了。”

顾铮心疼地揽住她：“让你受苦了。”

苏瑾摇摇头：“也许经历过这么多，才让我更珍惜生命，更珍惜你、你们。”

当文曦看到苏瑾无名指上的戒指，哇啦哇啦地叫起来：“苏总，好事哦！”

苏瑾看了看自己的戒指，漫不经心地说：“不过婚礼的时间待定，也许你结婚了我还没有。”

“为什么？”文曦错愕地问，“顾大哥不是已经求婚成功了吗？”

“我签了协议，五年内不能结婚。”

“这，”文曦一怔，随即又笑了，“没关系，你跟顾大哥的感情经得起时间的考验。”

苏瑾打开电脑：“一会儿通知开会，安排下一阶段的工作。”

“好。”文曦停顿了一下，欲言又止。

苏瑾抬头看了她一眼："想说什么？"

文曦迟疑地将文件夹里的一沓照片摆放到苏瑾面前："苏总，之前警察说有人扮作保险业务员，去找梁叔说你为了保险才不让医生救小宏，我一直在想这个人会是谁。这是我搜集的跟我们公司有瓜葛的一些人的照片……"

苏瑾沉默地看着那些照片。

"我不甘心，"文曦愤愤不平，"不能让这个人逍遥法外，这对你不公平，对梁叔也不公平！"

"找到他又能怎样呢？他不承认，我们也拿他没有办法，"苏瑾淡淡地说，"有这个时间，不如打起精神做其他的事。"

"苏总，我知道您的意思，不想为烂人浪费时间，但他别有居心，指不定下次还会作恶，我们要提防着这样的人。"文曦诚恳地说，"其实这也是顾大哥拜托我的，他觉得你身边有定时炸弹，怕对方再一次找机会陷害你。"

苏瑾把照片一张张地翻看，几乎都是竞争对手，曾在业务上败给了她。

她把照片整理了一下："好，等我过几天去看梁叔时，问问他。只是他的精神状态不稳定，我不想过度刺激他。"

"苏总，我们得找出这个人来，要不太不安全了。"

苏瑾把那沓照片交给了顾铮，然后一起去疗养院探望梁树民。

医生说他的精神状况已经好些了，刚来的时候整日不讲话，就拿着儿子的照片发呆，现在能跟几个症状轻的病人聊聊天，下会儿棋了。

"通过药物治疗，他的病症已经减轻很多，"医生说，"有时候他还会帮助护士做一些事，我们有信心他会完全康复。"

苏瑾点点头。

"看得出来他是敦厚老实的人，只是他的命运实在多舛，这样连番的打击，常人都很难扛住。"

苏瑾神色黯然："他一直待人很好。"

医生带他们到病房："今天天气还不错，可以带他去花园里散会儿步。"

苏瑾看到梁树民，他比之前胖了一些，头发已经全白，身体佝偻着，完全是老人的神态。

"梁叔，"苏瑾轻唤，"你还好吗？"

梁树民看到苏瑾，目光一亮，又瞬间变得瑟缩："小瑾，警察说你伤得很重，我一直很担心，现在见到你总算是放心了！我也不知道怎么了，当时就是觉得你对不起我，对不起小宏。现在想想，是我钻了牛角尖……”

“梁叔，都过去了。”

苏瑾朝前一步，顾铮下意识地挡在他们中间。

“我也不知道自己怎么了，就是当时有个声音说要为小宏报仇……可是司机已经死了，我能恨谁呢？我就恨起了你，恨你没有让我和他见到最后一面；恨你不求求医生再救救他；我也恨你在他葬礼上一滴眼泪都没有流。”

梁树民拿起小宏的照片，哽咽着说：“我真是迷了心窍才做了那样的事，以后真是没有脸面去见你妈，见小宏了。”

“医生说你会康复的。”苏瑾说，“等你好了，我来接你回家，以后我会照顾你。”

梁树民摇摇头：“小瑾，在这里挺好，看着那些人，我会觉得其实自己也没有那么不幸。”

顾铮把照片递给梁树民：“梁叔，您看看这里有没有假扮保险公司业务员的人，那个人一直没有找到，我担心他还会伤害小瑾。”

梁树民翻看照片，一张又一张，然后失望地摇摇头：“没有他们。”

顾铮把肇易辉的照片特意找出来放在他面前：“您仔细回忆一下，是不是这个人？”

“不是，”梁树民仔细回忆，“他很高，很年轻……对了，他的鼻尖有颗痣。”

“鼻尖有痣？”苏瑾和顾铮不由得重复一遍，又问，“还有呢？”

梁树民摇头：“没有了。”

苏瑾突然想起似的在手机里搜索了一番，然后将肇易辉和秘书一起参加活动的照片递给梁树民，询问：“是他吗？”

梁树民激动地喊起来：“对对对，就是他！他穿着衬衣打着领带抱着一沓保单来找我，他说他是保险公司的核保人员，因为你买的保险赔偿金额高达千万，所以他们要上门来了解。他给我看了保单，上面真的是你的名字，而且保险金额也是一千万……”

顾铮和苏瑾相视一眼，心里都有一种“果然是他”的念头。

苏瑾记得肇易辉的秘书，有一次在某个会议上见到，文曦私下里半开玩笑地说，鼻尖有痣的人财运极差，肇易辉每天和这样的人在一起，难怪点数这么背。

“他说了很多，我越听越气，所以我才会去买了一瓶农药，加在了饭菜里。”梁树民自责地说，“听说小瑾在重症监护室，差点儿死掉。我真的很后悔。”

苏瑾心情复杂，垂了垂眼。

她知道肇易辉恨她，但她没有想到他会歹毒到要她的命，之前他拍照伪造聊天记录，诬陷她和孟总，趁着她生病抢夺客户资源，她觉得那是他人品有问题，现在发现他是人性有问题。他心狠手辣，歹毒可见一斑。

苏瑾不能视而不见，她一定要有所反击，让他付出代价。

顾铮知道她要做什么，他担忧地说："只是业务相争他都能对你这样，我怕他狗急跳墙……"

苏瑾思忖一下，点点头："确实是不能再给自己添麻烦了。"

顾铮揽住她："不对付他，我怕他再对你不利；可是对付他，我也怕他对你不利！"

"放心，我会保护好自己。"

2

四月，信汇公司着手收购朗世集团的股权，以后将成为朗世科技49%的股权持有人。如果收购成功，会将信汇公司资产扩大一倍，更为海外上市扫清障碍。

肇易辉知道这个消息，整个人都很紧张，他就是不想要信汇公司做大做强，所以在他们公司准备上市之际抛出了高层间的绯闻，逼迫项目停了下来。但没有想到KPCB竟然转眼就又扶持信汇公司，要用四亿购买朗世集团的股票，若是成功，那华盈根本就无法跟信汇公司抗衡了。

他很是不解，为什么苏瑾不仅得到孟霖辉的支持，还能得到KPCB整个集团的扶持呢？信汇公司创立不久，在这么短的时间就要在纳斯达克上市，他很是不甘。

他阴沉地思索着对策，找来几位心腹商量："KPCB看好的项目必然是块大蛋糕，我们要不要从他们手里抢过来？"

"朗世集团我查过资料，背景并不特殊，而且没有特殊的业绩。"一位心腹说，"我怀疑这是一个空壳公司。"

"应该不会，"肇易辉说，"我了解苏瑾，她做事一向稳妥，没有利润可图也不会介入。"

"其实苏总这么拼是因为她受制于KPCB，当时她的男友卷走客户6000万，若不是他们替她承担6000万债务，她早就坐牢了。"

"所以她就是KPCB的一条狗！"肇易辉轻蔑地说，"她咬了我好几次，这个仇是时候报了。"

"他们应该都谈得七七八八才会放出消息来，"另一位心腹说，"朗世的股价因为这利好的消息，持续走高。"

"买进他们的股票。"肇易辉说，"即使不能阻止他们的合作，但也要降低信汇的持股量。"

"肇总，可是我们还没有分析朗世……"

肇易辉摆摆手："我已经看过他们的资料了，他们新研发的一款软件将弥补国内这条生产线的不足，只要投入生产利润大为可观，我想苏瑾也是看到他们公司的'钱景'了。"

"这个动作太大，还是要跟董事会商量吧？"秘书迟疑地说。

"那帮人懂什么业务？"肇易辉笑得狂妄，"他们只要有钱赚就开心，而我接连成功了几个项目，他们现在已经很信任我。"

肇易辉联合了几个投资人开始大肆收购朗世的股权，并且他找到朗世的董事长，想要私下收购他手里的公司20%的股权。他要抢在苏瑾之前，拿下朗世。

令他意外的是，朗世的董事长很快就答应了他的条件，当然他给的股价比市值还要高出一部分。而他从侧面了解到，苏瑾也在跟进朗世的项目，并且准备一旦收购成功就立刻申请纳斯达克上市。

可是令肇易辉没有想到的是，短短两个月后，朗世集团因为经营不善，由董事长宣布破产。

肇易辉从秘书那里得到这个消息，整个人都蒙了。他立刻前往朗世集团，却发现已经人去楼空，到处都是破败的景象。

肇易辉冷汗直冒，中途他接到好几个投资者打来的电话："肇易辉，你搞什么鬼？你让我们买的朗世的股票已经跌停了！你不是看好他们公司吗？不是有新项目研发出来吗？现在他们公司宣布破产，我们拿到的是一堆废纸，你当时信誓旦旦说的都是屁话吗？"

肇易辉把手机拉远，然后挂掉。他也不知道为什么朗世的变数这么大，之前业绩良好，也有新项目研发的消息，他亲自去朗世考察过，觉得是优质公司。

肇易辉四下找不到朗世董事长，秘书打来电话，告诉他令他绝望的消息："朗世董事长其实早有跑路打算，他已经办好移民的手续……"

怎么会？

肇易辉踉跄一步，几乎没有站稳。他仔细回忆自己到底是哪里出现了差池。

朗世要跟KPCB合作，他以为是个大项目，横插一杠，提前跟朗世董事长谈条件，但也许朗世董事长早就想抛出股票，只是在寻找"倒霉蛋"接手，没想到他一头撞了上去。

因为客户的投诉，肇易辉被华盈公司解聘，当他收拾自己的东西时，秘书跟了上来："肇总，大家都知道我是你的人，恐怕今后我在华盈很难立足，你去哪家公司就带着我吧！"

肇易辉凄然一笑："我能去哪里？现在我一无所有。"

"你该不会……"

肇易辉点点头："我确实也买了朗世的股票，赔上身家只想漂漂亮亮地赢了那个女人，但没有想到，我是在为她挡灾！你说我这是不是搬起石头砸自己的脚？多可笑，我平时都很谨慎，偏偏这件事上大意了！"

“是那朗世集团的报表做得太真了，我们都被利好消息给哄骗了！”

肇易辉长叹一口气：“我也曾经创造了资本市场的神话，现在我竟然变成了一个笑话！”

“肇总，”秘书宽慰地说，“咱们重新来过！”

“累了，累了！”肇易辉的眼里迸出泪花，“这么多年用手段使心机，尔虞我诈，到头来却是竹篮打水一场空！”

秘书从来没有见过他如此消极，知道这件事对他打击不小。

他无从安慰，只能看着肇总抱着自己的纸盒，孤单又落寞地离开了公司大楼。

苏瑾看到朗世集团破产的消息并不觉得意外，倒是文曦吓得脸色惨白：“好险呀，我们差点儿要跟他们合作，要是真的是我们买下他们的股票，那真是冤大头了！”

苏瑾胸有成竹地一笑。

文曦突然意识到什么，盯着苏瑾，在她的眼神里终于明白了真相：“所以肇易辉入这个局，是你一早想好的？”

“是他太想要赢我了。”苏瑾淡淡地说，“他作茧自缚，咎由自取。”

“可是公司总部为什么会配合发消息？”

“朗世集团曾经找过孟总，想要融资，孟总调查发现他们公司其实是个空壳公司，上市不过是为了圈钱，现在钱赚得差不多了，董事长自然想要有人收了股票，他好拿着现金撤退。”

“但是孟总不动声色，依然跟总部报备这个大项目，引得全城瞩目？”

“对，阵仗越大越好，这样肇易辉才会相信。”

“你跟孟总早就商量好，偏偏瞒着我！”文曦不悦。

“事关重大，孟总得到的消息也是很绝密的来源，”苏瑾好言相哄，“我答应你，以后再也没有其他的事瞒着你了。”

文曦的恼怒转瞬而逝，欢喜地说：“现在肇易辉被赶出华盈，我看没有哪家公司再敢用他了！”

苏瑾并没有觉得如释重负，只是觉得心累。

前路茫茫，也许她还会遇到另外一个肇易辉，遇到更多的阴谋和诡计。

文曦抬手在她面前挥挥：“苏总，您在想什么？我要不要将他做的那些坏事发个帖子到网上，让他身败名裂！”

苏瑾沉吟道：“穷寇莫追，这件事他一直以为是被朗世集团所骗，我们就抽身事外好了。”

文曦点点头：“他之前做了那么多坏事，最坏的竟然是发现梁叔精神不正常就诱导他给你下毒！真是歹毒，他知道按照梁叔的精神状况也无法指认他，但坏人自有天收。”

苏瑾抱着手臂看向窗外，外面的世界一片清朗，阳光在玻璃上投映出的光斑格外好看，苏瑾眯着眼睛看向那一片蔚蓝的天空，心里在说，顾铮，我等你回来。

3

苏瑾不动声色地收拾了肇易辉，而在她得知自己胜利的这一天，顾铮也经历了惊险的一刻。

那趟航班原计划前往洛杉矶，但飞机飞到一半行程时，机上一名两岁婴儿突然因高烧惊厥呼吸急促，情况非常危急。

顾铮请示上级以后决定在最近的机场降落，能够争分夺秒地将孩子送到医院救治。

乘务长急切地到驾驶室："孩子脸色酱紫，呼吸困难，机长快想想办法呀。"

顾铮看看时间，镇定地说："十五分钟后飞机降落，联系医疗组进行急救。"

副机长立刻联系指挥台，决定十五分钟后飞机在夏威夷机场降落。可是指挥台回复，已经联系过夏威夷机场，目前夏威夷处于暴雨状态，机场在管制，飞机迫降有一定难度。

"机长，"副机长迟疑地说，"要不我们再坚持一下？到下一个机场，最多四十分钟的时间。"

"四十分钟，"顾铮沉吟道，"就怕那孩子坚持不了四十分钟。"

副机长看着坚定的顾铮，点点头："我来跟指挥台沟通，马上迫降。"

天气比预想的还要糟糕，雷电交加，暴雨如注，飞机在降低高度，此刻顾铮的心里想起了江一辰。而那一次的迫降经历令他的情绪变得紧张起来。

他在心里默默地说，江一辰，请你帮助我安全地迫降！我要把每一位乘客都安全地送到目的地，而我也要安全地归家。

飞机在气流中一阵颠簸，客舱里有孩子的啼哭，有乘客的惊喊，还有不明就里的咒骂。

乘务长在竭力安抚大家，请他们坐在位置上。

副机长看着顾铮额头上细密的汗，心情也变得紧张起来。

而此刻飞机颠簸得越发厉害，顾铮在最初的慌乱后，却变得坚定起来。

每一个危险来临的时候，只有勇敢地面对，才能够触底反弹。他的心里想起了那么多人，江一辰、莫荷、苏瑾，还有父母……

飞机落地后滑行了很长一段距离才停了下来。

此刻顾铮才发现后背已经汗湿，而在客舱里传来一阵欢呼和掌声，他们都知道，那个病危的小婴儿得救了。

顾铮站在机场的落地窗前，看着外面的狂风暴雨，给苏瑾打电话。

“好吗？”

“不错呢。”苏瑾反问，“你呢？”

“一切都好。”

“小瑾，”顾铮温声说，“我爱你。”

“我也爱你。”

我们的爱情，即使不华丽，不浪漫，却是这世上一份美好的单纯。

遇见你之初，就是你了。

沧海桑田，我都会与你走下去。

——全文完——